椎名誠[北政府]コレクション

椎名　誠
北上次郎 編

集英社文庫

目次

椎名誠［北政府］コレクション

猫《ねこ》舐《なめ》祭《さい》

猫舐祭《ねこなめさい》のことを話せ、とおっしゃるんですか？　まあ、それが私の役目のようなものですから、思い出すままに申しあげますが、何ぶんにももう四十数年も昔のことですし、その頃私はすでに局虫《つぼねむし》にやられて体をこわし、いつも午後になると熱を出すようになっていましたから、そこで見ていたことが果してどこまで現《うつつ》のことなのか、あちらこちらから常に雲がかかって茫々《ぼうぼう》としているようで、改めて話すほどのことは何もないような、まことに頼りなく、いっそ心細いばかりでありますが、まあそうやって静かに聞いていただける、というのは嬉《うれ》しいことで……。

さてそのじぶん、私がすでに局虫にやられていたことはお話ししました。あれにやられますと、体の中の筋をいろいろ壊されますから、歩いていても途中で急に全身が突っぱらかって動きがまったくとれないようになってしまう、というようなことがよくありました。まあ初期の頃はそれでもすぐに回復して動き回れるようになりましたから、子供のことでもありますし、時おり多少不便になるだけのことで、そのことはあまり気にとめず、ほかの沢山の仲間たちと殆《ほとん》ど普通に遊んでおりました。

猫舐祭は、そんな私らの子供の頃の一番の楽しみでしたねえ。

祭がひらかれるのは毎年秋の終りの頃で、私らの町では川の近くの隆起砂岩がごつごつ盛りあがった荒地の、一箇所だけ奇妙に丸く平たくアギトリ切り草の生えている——まあその頃土地の子供らは、ばく沼と呼んでおりましたがね。水たまりもなく湿地帯でもないようなところなのに「沼」というのがどうも不思議でしたが、それはまあともかく、祭の時はこの丸い原っぱ一帯に色とりどりのテント小屋が建ったり、大仕掛けの突きん棒がどしどしそこらを叩《たた》いたり跳ね車が軋《きし》んではげしく回ったりと、それはもうたった一晩で夢のようにあたりの風景が変ってしまうのですから子供らにとってはたまりません。

祭の村のぐるりをとりまく囲いにはなにかしきたりのようなものがあって、私らの町の時はそのあたりに沢山生えている小夜子桜《さよこざくら》の枝木を幾メートルおきに立てて、それをぐるりとつなぐようにして、丹波桟手《たんばさんで》に編んだ柵があたりを丸く囲んでいました。

入口のところには大抵大女と虫男が立っていて、大女はいつも赤い口をひろげてひゃらひゃらと薄気味の悪い笑い顔で突っ立っていました。いま思うと、あの大女はそこにやってくる人々にむかって純粋に「ようこそ」という気持でお迎え係のような役目を果していたのでしょうが、私ら子供からみたらただもう恐しいだけの、かえって迷惑な入口番でしかなく、大女の足元に座っているカエルほどに小さい虫男の方はもっとよく見たいのに、何時《いつ》その大女に踏みつぶされるかわからない恐怖で、大抵走るようにしてその入口を通り抜けていったものです。

中に入ると入口のところの大女や虫男のように、遺伝子急速改造でこしらえたさまざまな生き物が並んでいました。

戦後数年しかたっていない当時は、そうしたかなしい人々の見世物が法治局のほうから取締られるということもなく、北の政府軍が引き揚げていく際に置いていったような人工の怪物たちが猫舐祭にはごろごろしていたのですよ。

私らは中に入ると、恐しいのとこわいもの見たさとのはちきれんばかりの興味で体中がふるえるようになりながら、しっかりみんなで手を握って、ごったがえしの中をあっちこっち、それこそあの動きの早いくねり虫のようにして動き回ったものです。

その頃、その猫舐祭の中には闇の臓器マーケットがあって活発な商いになっておりまして、中に入ると人間や動物のさまざまな人工臓器や、人間の本物の臓器などが公然と売買されていました。その商売の大人たちが、みんな同じような奇妙なシワガレ声を出して、雑踏の中をうろつき回っておりましたので、あたりはなんだか常に怒号や嬌声《きようせい》がひしめきあっている、というふうでありましたよ。

その商売人や見物客の中には当時はまだ戦争の影響で病気を患った人が多く、一日に何人もそこでいきなり倒れたままどこかへ運ばれていく、というようなこともよく目撃しました。今思うとあの倒れた人のうちの何割かはそこでそのまま死んでしまったように思うのですが、当時の事情から考えて、行き倒れると、その死体はあそこにひしめいていた闇の臓器屋の手で、彼らの仕事の種として、たちまちばらばらにされてどこかへ運び去られてしまったのではないかと思うのですねえ。

ええ、病気の人は本当に多かったですよ。病気といってもその頃の本来の伝統的な病気ではなくて、みんな北政府軍のお粉、――あの例の胞子ガスですね。つまりまああれによって体の中を個人個人みんなどうにかされてしまったものですから、それこそ千差万別におかしくなってしまって、一番凄《すご》いのが異態進化していっちまった過剰吸収過剰反応の連中だったでしょうねえ。その人たちは「ウゾー」とか「じめんぼう」なんぞと呼ばれて、やっぱり最初の頃はみんなから怖《おそ》れられておりましたよ。

さて私らはそうやっていろんな種類の大人たちがざかざかぐねぐね動き回っている中を、子供特有のすばしっこさで、あっちこっち貪欲に覗《のぞ》いて回りました。猫舐祭にかならずつきものの人気小屋は、いろんなケースで細胞融合した人間がらみの獣合一体化生物で、これはまあ今思えばもっと戦慄的で犯罪的な見世物でしかなかったわけですけれども、私らはとにかく猫舐祭というと最初にそれらが入っている小屋に足をむけたもんです。どんなものがいたのか？　ですか。まあ皆さんそのことを聞きたがりますけどねえ。いろんなものを見ましたが、大抵みんなぐったりして死んでしまっているようなものが多い中で、私が未《いま》だに忘れられないのは繭《まゆ》巻きで、これはまあ知能を持った虫だと思えばいいんですが、管理の人間がわざと人間の家のようなものをこしらえてやって、その中でみんなちゃんと考えごとをして生活しているのが不思議でしてねえ。私はそこへ行くと硝子《ガラス》に顔をべったりくっつけてずっと何時までも飽きずに眺めておりましたよ。

みんなは頭足《ずそく》というのが好きで、これは長生きで強くて、その小屋の中を勝手にあちこち動き回っておりましたが、とんでもない文句屋で、何時もなんだかダンザギ布を激しくこするような軋んで耳ざわりな声を出し、怒鳴りながら歩き回っているので、見物客の多くは面白がってあちこち逃げ回るふりをしておりましたねえ。

南天《なんてん》というのも人気があって、これは異態生物というよりも一種の有機物の工作機械のようなもので、片一方の口から肉や魚や、その他なんでも、まあそいつに作ってもらうものの材料をどかどか入れてやると、いろいろ注文のやりとりをしながら望みに近いものを作ってくれるんです。そいつから出されてくるのはどれも同じ形をした加工食品でしたが、味や感触は注文によってさまざまで、不思議に汚いというかんじはなかったですよ。私はいまになって時おりあの頃のことを思いだすとき、あの南天の体の中のしくみ、というのがとにかく不思議で、南天自身の養分摂取と排泄物《はいせつぶつ》の排出はいったいどうなっていたのか、もう一度くわしく眺めてみたい気持で一杯ですよ。南天のようなのは他にもいろいろあって、結局これは北の政府軍が似たようなものを、もっと大がかりな生物システムにこしらえていて、それの自在進化したやつなんだと、私ら周囲の大人からそうおしえられたりしてました。

私とその頃よくそういうところへ一緒に出歩いていたセイちゃんというのは千手《せんて》が好きで、その前に行くと中々はなれなかったですねえ。どういうわけか千手はきちんとしたいい顔をした女が多くて、ちゃんと普通にいろんなことを話すのですが、千手の前に書かれている注意パネルにあるように、千手が怒るようなことを言うと、たちまち顔を真っ赤にして体のあちこちから十二、三本の手を突き出してきてゆらゆらと腕や手のひらを踊らせるのですが、千手というのはどれも実際にはその多すぎる手のひらを自分で握ることもできないほどに機能が麻痺《まひ》していることが多く、それがわかってしまうと、恐しさも私にはもうそれほどでもなくなってしまうというのがいくらか不思議でありましたねえ。

それから千手はたいてい上半身を裸にしていることが多く、乳房をむきだしにしているので、私はむしろそっちの方に眼《め》が奪われていたようでもありますがねえ。

猿男は街でも沢山見ましたから別に珍しくありませんので、そこでは大抵素通りしていましたが、今思うと、かれらの眼のひとつひとつをもっとしっかりよく見てやればよかったかな、なんて思ったりしますねえ。というのも、結局彼らは生まれても一代きりですからね。それはもうその当時わかっていたんですが、いつもうるさくて雑でめちゃくちゃな猿男も、時にはタイタン博士の指摘したトリム効果によって信じ難い程の凄《すさま》じい超天才頭脳を持って生まれたりしましたが、見世物風の猿男はトリキローネで思いっきり思考上昇を抑えられていましたから、誰もあまり複雑なことは喋《しゃべ》りませんでしたが、中にはもっとくわしく自分たちのことを知りたがっていた猿男というのも沢山いたのだろうと思うのですよ。だからあの眼のひとつひとつの語っているものを、きちんと知っておけばよかったなあ、なんて今になってひりひり悲しく思ったりもするのですよ。

その小屋をひととおり見て外に出ると、次はその年によって出しものがいろいろ違っている三角館で、そこはいつも人気でした。

私が一番印象に残っているのは「来るなの木」と呼ばれているもので、この木にはその通りどうやっても近づくことができないのです。

三角館は布貼りの小屋ではなく、そこだけおそろしく透明効果のよいカノン硬板のようなもので三角形に組みたてられておりましたが、「来るなの木」はその中央に一本だけ立てられていて、あるのはとにかくただそれ一本きりなのですよ。

そうして館の隅に拡声器を持ったトサカ女がいて、カネクレ鳥の喉をもっとふくらませたようなおそろしく内側にこもった声で「さあ、次は誰ですか誰ですか誰ですか誰ですか誰ですか」と、新しい挑戦者が出てくるまでうるさく同じことをわめき続けておりました。

その木はとにかく不思議な力に満ちていて、そこに近づこうとしても、なにかわけのわからない力によってたちまち跳ねとばされたり、あるいはいきなりそこから吹きつけてくる風のようなものに吹きとばされたりして、大人でも子供でもどんなことをしても近寄ることができないのです。

一人の泥脂除《よ》けコートを着た体格のいい男が、館の隅から大きな気合とともに全速力で体あたりをかけるように突進した時は、あっという間にその木の回りをくるくる激しい勢いで回る力にとらえられて、男はいつまでも地面に足をつけることができずにいましたよ。

なにしろ木に手が触れたら入場料の三百倍の懸賞金が出るというので、男たちは皆真剣で何度も何度も気絶するまであっちこっちの角度から体あたりを繰り返していましたねえ。

私ですか？　そんなふうに聞かれたらどうしようか……、と思っていたのですが、正直な話一度だけそいつに挑んでみたんです。もう私は局虫の病気が出てきている頃でしたが、ひょっとして地面を静かにころがっていったらなんとかなるのではないか、と思い、のしぬけハブのようにして端の方からひっそりころがって近づいていったのですが、木の幹にあともう二メートルというところにきて、接近していく時と同じくらいのスピードと力でまたゆっくり元に戻されてしまいましたよ。

これもだいぶあとになって知ったのですが、この「来るなの木」も、戦争のときに使われた兵器を利用したもので、幹の中にそれがたくみに隠しこまれていたのですね、きっと。

どっちにしてもその頃は巷《ちまた》のあちこちにころがっている戦争残骸と生き残りの者たちが途方に暮れたように雑然とこしらえている世の中でしたから、一見面白そうなものでも、よく訳がわかってくるとみんなどこかに暗くて重くて猛々《たけだけ》しいものをひきずっておりました。

そういう小屋を出て大勢の見物客と広場のあたりを歩いていると、頭の上にいつも大抵五、六個の監視鳥が飛んでいました。私ら子供の眼にはそいつは間抜けな人工鳥のようにしか見えていませんでしたが、あの当時は法治局が無登録人の摘発に躍起となっていて、人の集まるところには沢山の監視システムを張って情報を集めていたのですねえ。

街の人々はそいつを〝知り玉〟といって嫌っていました。知り玉は大人の拳《こぶし》ぐらいの大きさで「ぶるぶる」とバランス羽根をふるわせながら飛んできて、その左右からひこひこ突き出てくる触手のような電子の眼で対象物をとらえ、抑揚のない声で人定番号を問い質《ただ》したりするのです。その聞き方が奇妙に高飛車で、とにかくヒトを一方的にいらだたせるようなところがあるものですから、腹をたててそれを壊し、数分後には白拍《しらびよう》子《し》たちに大袈裟《おおげさ》に連れられていく人を何度か見たことがありましたねえ。

猫舐祭は雨でまるっきり動きがとれなくなる時は別にして、五日か六日で終りました。終りに近くなってくると、広場の一番奥の闘技場にみんな集まってきます。そこは大きな丸型のテントで、私らはそのテントの中でトゴスを見るのが一番の楽しみでした。丸型のテントの中は地面が少し掘り下げてあって、一番真ん中は丸く土が敷かれていて、そこがトゴスの闘いの場になっていました。

　トゴスというのは男と男との闘いを意味する北政府の言葉で、当時は、戦争に関するものは、北の言葉以外のものを使うのはまったく許されていなかったのです。「闘技場が開いた」という情報が流れると、人々は競って丸テントに集まり、たちまち身動きができないほどの大盛況となってしまいました。

　人々はバイオ培肉の花咲豚や、トゲマスの肉から作ったこね肉の包み揚げとか、サルサ米のちまきなどを売店で買って、大騒ぎしながら丸テントに集まりました。

「トゴス」も懸賞が賭けられて、これは出場する選手のものと観客のものと、双方に賭けられていましたから、ひとたび試合がはじまるとその熱狂ぶりは凄じいものでした。

　トゴスの出場者にはとくに制限はありませんでしたが、人間だけでなく獣人も許されていましたから、人間対獣人の闘いになるとその熱狂に興奮して観客席から死者が出る、ということもけっして稀《まれ》ではなかったのです。

　獣人は戦争の時に志願制で細胞転換した特攻兵崩れが多く、RタイプとPZタイプの二種類がいました。Rタイプというのは北の白拍子と闘うために泥濘《でいねい》帯での戦闘に向くように猪《いのしし》と一体化したケースで、PZタイプは山岳樹林戦のために猫との一体化がなされたタイプでした。

どちらも顔や体型は通常の人間と同じでしたが、戦闘時の敏捷《びんしょう》性や残忍性あるいはRタイプのように絶対後に退《ひ》かない徹底した闘争性などがきわだっていて、一般の人々からはひどく恐れられていました。政府のプロパガンダもあったのでしょうか、そこに憧れて細胞転換する若者は跡をたたず、その多くが敵地で戦死していきました。

だからその時代に生き残っている獣人たちは、たいがいが気持の底を荒《すさ》ませていて「トゴス」の懸賞闘争などは、彼らの歪《ゆが》んで脹《ふく》れあがるエネルギーを発散させるためには恰好《かっこう》の対象でもあったのですよ。

私もいくつか、それはそれは激しく、凄じい闘いを見ました。私がはじめて猫舐祭を見に行ったのは、まだ五つか六つの頃でしたが、そのじぶんは獣人たちが圧倒的に強く、かれら同士で最後までの争いが繰りひろげられる、というケースが多かったのですが、やがて、人間たちの中からも強い戦闘士たちが出てくるようになり、そのうちに人間をより強く機械で強化した改造人間が出てくるようになりました。

それというのも、人間たちがこの戦闘に出はじめの頃は殆ど獣人らに腕や足をへし折られたり、ひどい時は腕そのものを引き抜かれたりと、とにかくまあさんざんな負け方をしており、人間の味方をする観客たちはずっと愁嘆するばかりの状態が続いていたのですね。

それがある時、ええ、忘れもしません。私が丁度九歳になって身体改造許可の資格を得るまであと一年、という年の猫舐祭でした。その年、はじめて獣人たちに手ごたえのある人間の改造戦闘士が生まれたのです。

その戦闘士の名はたしか「禅拳《ぜんけん》」といいました。禅拳は肩から胸にかけてゾグの耐酸鋼材を使った敷島帷子《しきしまかたびら》を埋め込んでおり、右手はそっくり戦時中の自走螺旋《らせん》砲に使っていた、ゾグの鋼材をも断ち切るといわれている角出しアームを取り付けていました。

ええ、忘れもしません。今までさんざん人間の戦闘士が獣人らに眼の玉を抉《えぐ》られ、腹を裂かれて敗退していたところを、いきなり現われたこの禅拳は角出しアームのひとふりでたて続けに三人の獣人たちの首を刎《は》ね落しました。この日の闘技場の狂ったような怒号と歓声の凄じさといったら、さあて私は後にも先にもそれ以上のものを聞いたことがありません。そのあと興奮した獣人や人間たちが客席で殴りあい、さらに五、六人の死傷者が出たくらいですから、あなたにもその日の騒動の激しさがいくらかわかってもらえると思うのですがね。

こうして人間たち側から出場するそのあとの戦闘士といえば、改造人間のことをさすようになりました。彼らは心臓や脳を潰されないかぎり破損された箇所をメカニカル鋼材で補強し、さらに戦力を高めていく、という思いがけなくも理想的な復活のシステムをつくったのですよ。そうなるとがぜんトゴスの人気は高くなり、猫舐祭もやがてトゴスが中心の祭のようになっていきました。

猫舐祭の名の由来ですか。私もはっきりしたことは知らないのですが、私がまだ生まれる前の頃に、この祭は猫を土の中に埋めて、その頭を司祭が足で蹴ったそうですよ。まだ戦争直後の、呪詞《のりと》や祈禱《きとう》が急速な細胞転換人間をつくっていると思われていたじぶんの頃で、見事に猫の首が切れて転げて飛んだらその司祭の力を認めてやろう、というような、誰が決めたのかわからない、まあおそろしく乱暴なならわしのようなものがあったそうですよ。その後生き物の種属固有の存立の壁が崩れてさまざまに分類不可能な後転異態化生物が輩出するにつれて、猫への呪詞信仰は少しずつ影をひそめていったらしい……という話ですがね。

私ですか。私がしだいに体のあちこちを角質化させて体を堅くし、巨大化していって、やがて気囊樹《きのうじゅ》としての再生へ転換手術を受けたのは、猫舐祭がしだいしだいにトゴスのために行なわれるようになり、荒れた各地を回って歩くようになっていった頃のことですよ。私がそれから間もなく永久に動き回ることを放棄して口をきく樹《き》になろうときめたのは、とくに深い理由があるわけではありません。私のような性格と体質の者は、かつて猫舐祭の行なわれたこの荒地の真中に立って、数年に一度か二度やってくる旅の人に、猫舐祭の、あの心にずんと重く響いたかつての夢のとどろきを、せめてぽつりぽつりとおきかせしたい――とそんなふうに考えるようになっていったからでしょうかねえ。

みるなの木《き》

喉袋《のどぶくろ》の中央通りにある宝貨転々《ほうかてんてん》ストアーに勤めていた相原《あいはら》という男が、根卵《ねたまご》の殻嚙《からか》み職人を二人殺して金を奪い、山へ逃げたので、百舌《もず》とおれは武器を持って山へ入ることになった。

行く前に殺された二人を検分していってくれ、と根卵屋の女主人が恐怖と怒りで荒い息をざあざあ吐きながら百舌やおれの服の袖を摑《つか》んで離さないので、あまり気はすすまなかったが根卵屋の仕事場に入った。

二人は寸毫刀《すんごうとう》らしい凶器で胸や腹を突かれ、むごたらしい姿で殺されていた。殻嚙み職人は仕事柄、下顎の周囲に補筋帯をつけていたが、寸毫刀で刺されたときのあまりの痛さのためか、もしくはその叫び声でいっぱいに口をあけたためなのか、頑丈な撞背革《つよっよ》でつくられている補筋帯の二重ベルトが左右ともぶつぶつに切れている。おまけに二人とも目をあけたまま死んでいるので何時《いっ》までも見ているのは嫌だったけれど、百舌は手袋を脱いで死んだ男の口をあけ、中をつくづく覗《のぞ》き込んでからいくつもの舌打ちをした。

山へ入る前に双蝶《つがい》の西祈禱院《にしきとういん》に行って目抜き坊主に尻の穴を見せ、封緘《ふうかん》の印《いん》を結んでもらった。それでどこまで効力があるのかわからなかったが、しきたりなのだから仕方がない。

　続いて和毛《にこげ》の入った薬湯に浸かり、出たところで雨露巫女《うろみこ》に体を丹念に拭ってもらう。巫女も丸裸でこのとき巫女は山の邪心がわりだから自分がそうしたければ、巫女の体を開いて好きなだけいたぶっていいことになっていた。けれどおれについた巫女は痛々しいくらいに瘠《や》せ細った女なので少しも男の気持が昂《たか》ぶらず、巫女はおれの体にへばりついて腰を動かし、しきりに挑発するのだけれど、おれは困ってずっと仏頂面を続けていた。

　院から出るともう昼どきで、頭の上の太陽はそのあたりに密集しているマクルビの樹《き》の大きな透かし葉をつきぬけて、地表に明るいいくつもの斑点をつくっていた。

　百舌が顔をしかめて天願銃《てんがんじゅう》を両手に持ち、遊底杆《かん》のあたりを乱暴にがちがち動かしているので、故障でもしていたらえらいことだと思い「どうしたかね」と訊《き》いたのだが百舌は何も答えなかった。

　もっと心配になって百舌の近くに行くと、百舌の草色をした戦闘服の襟のあたりから八角茴香《ういきょう》の甘ったるい匂いがもかもかしてくるので、百舌の仏頂面の理由がわかった。

「おめえ雨露巫女をしっかり抱きころがしたな」

　と言うと、百舌は遊底杆をさらに二、三度うるさくスライドさせて「ちっ」と舌打ちした。

印度《インド》カマル社製の護符帯を締め直し、その上に二ダースほどの反り弾《そだま》を装填した弾帯を巻くと、おれも百舌もあとは出発するだけになった。

二時間ほど急な滑巻《かっかん》砂岩のぞろぞろした斜面を登りつめると、小さなコルに出る。そこから先はおれたちの背丈ほどもあるまねし草が一面に密集している。背後から吹きつけていた気持のいい風に吹かれているのもそこで最後というわけだ。

「野郎が、このあたりの草に隠れているとは思えねえが、用心のためにうたせを手に持って時おりふり回そう」

百舌がゴーグルをかけながら言った。

うたせは背中にくくりつけた野戦道具の中で一番重い蛮刀で、本当はそんな重いものを持っていかない方が山登りにははるかに楽なのだが、いざという時に一番役に立つのもこのうたせだった。まねし草はおれたちが入ってきたのでざわざわと落ちつかなく葉を動かし、時々不恰好《ぶかっこう》にとんでん馬や跳ね猿の真似《まね》をしてみせた。人間ほどもある巨大な、そうしていかにも不恰好な跳ね猿がいきなり目の前にあらわれたりするのは面白いが、まだどこに相原がひそんでいるかわからないので、まねし草の無邪気なあそびにあまりいつまでもつきあっている訳にいかなかった。

二時間ほどサービス過剰で騒々しい密草地帯を進んでいくと、間もなく千本艤本《ぎほん》帯と呼ばれる葛草《からめ》の多い樹林斜面につきあたった。そこから先はどこに相原が隠れているかわからなかった。

そこで百舌とおれは、まねし草と樹林帯の境界をぬって器用にくねくね続いている小さな沢のそばに腰をおろし、持ってきた昼食をたべることにした。根卵屋の女主人が用意してくれた弁当は雲母米《きららまい》をかりかりに炒《いた》めた苦飯《くーはん》というもので、通常の田園米よりも半分がた粒が小さい。その分栄養が凝縮されているから山岳などの行動食に一番いいのだと言われているが、なにしろこれは固いので歯も口もくたびれておれはあまり好きではなかった。

「こんなことなら自分でへら飯《めし》でも炊いて持ってくるんだった」

おれが少し愚痴めいたことを言うと、百舌はすっかり落ち着いて「そんならじきに呉《くれ》羽鳥《はどり》でも落して食うさ」と笑った声で言った。

呉羽鳥はブタ鳥ともいって体が丸く重すぎるので殆《ほとん》ど跳ねるようにしか飛べず、銃で撃つのも簡単だった。果しておれたちが樹林帯の中に入って間もなく、這《は》い葛《かずら》の上を不恰好にかけ回ってくる呉羽鳥を見つけたが、よく考えたら銃など撃つと相原にこっちの居場所をいち早くおしえてしまうことになり、結局呉羽鳥が半飛びで走り去っていくのを黙って眺めているしかなかった。

そいつがどこかへ行ってしまうと、マキタビの群が黄色い鱗粉《りんぷん》を煙のように撒《ま》き散らしながら凄《すさま》じい速さで呉羽鳥の方向へ突進していったので、もしあのとき銃を撃ったりしていたら、あとから追ってきたマキタビの大群と衝突してしまいとんでもない有り様になっていたな、百舌と舌うちまじりにすばやく話した。マキタビの鱗粉を永く吸っていると一時的な窄胸症《さくきょうしょう》になって息が詰まったり血を吐いたりと、とにかくえらいことになる。

百舌とおれは服のポケットからタオルを出し、這い葛の上にうずくまって鱗粉まじりの黄色い空気が風下に流れ去っていくのを暫《しばら》く待った。

「マキタビをうまくおびきよせて、あいつの風上を飛ばせることができたらうまいんだがな」

百舌が下をむいてタオルで口を押さえながらもごもご言った。

「マキタビではないけども髄突虫《ずいぬき》ぐらいだったら袋にいっぱいとらえておいて、野郎の寝場所にばら撒いておくことができるだろ」思いついておれがそう言うと百舌はやっぱり下をむいたまま、

「生の髄突虫は気持が悪くていけねえ。背中の羽根に死文字が書いてあるだろう」

と本気の喋《しゃべ》り方で言った。

葛の多い樹林帯は最初は葛に足がからんで歩きにくかったけれど、どんどん傾斜がきつくなってくると、葛を摑んでいけるのでかえって便利になってきた。

途中でもう一度休んで水と少々の食料を摂《と》り、汗のひかないうちにさらにじわじわと

登りつめていった。

やがて樹林の中に大きく枝を広げた呻吟榎《かななき》や招魂樹が見えてくると、森林は急速に暗くなった。樹木が密集してきたのと、そろそろ夕方の時間になってきているからのようであった。けれど目ざす相原の隠れ場所はまだ一向につかめなかった。そのまま力を込めて登っていけばあと二、三時間で山の頂きにまで到達しそうなところでいよいよ日が暮れ、あたりが闇に覆われてきた。

大きな樹の根に枯葉の沢山溜《たま》った寝場所を見つけ、百舌もおれも殆ど喋らずに防水布をひろげた。それにくるまって残りの雲母米を食べ、水をのんだ。森林の中は鳥や獣たちの啼《な》き声でうるさく、多少の物音をたてても誰かに気づかれる、という心配はなかった。

相原を捕まえたらその捕獲懸賞金を貰《もら》って西のツノサラセの町へ戻ろうかと思っている、と百舌が寝しなにいきなりぽつりと言うので、おれはまだ一度も行ったことがないそのツノサラセという町のことをついでに訊いた。

百舌はもともとツノサラセの方から来ていまの町に住みついたのだが、天願銃の名手で、畑荒らしの鳥獣や今日のような犯罪人を追って随分稼いできたらしい。

「人を殺すのはどんな気持かね」

おれが訊くと、

「あんたはまだ殺したことがねえのかい」

と、急にざらざらした声になった。おれは追人を捕まえにいくのは何度もやっているが大抵いつも生け獲《ど》りで、殺すまでのことはなかったのよ——と答えると、百舌はまたすこし息を荒くして、

「撃つときがいくらか怖いが、殺しちまうとあとはなんでもねえよ」と、随分押し殺した声で言った。それからしばらくおれも百舌も黙っていて、結局それで睡《ねむ》ってしまった。

気がつくと朝で、どうやらおれは寒さで眼《め》がさめたようだった。防水布をまくり上げてすぐにその場に立ち上がったが、百舌の姿はなかった。

百舌の寝ていた場所に百舌の防水布も天願銃もなく、あたりに百舌の気配はまったくない。

すぐにこれは百舌に抜けがけされたと気がついたので、大急ぎで荷物をまとめ、昨日二人で話しあっていた進むべき方向の見当をつけて早足に出発した。

昨日よりもまたさらに険しくなった斜面を登っていくとやがてどんどん鳥の啼き声が消えていき、あたりがしんと静まりかえってきた。そうなると枯れ枝や枯れ草を踏む自分の足音がとてつもないものになり、迂闊《うかつ》に動き回るのは危険なような気がした。そこで（どうしたものか……）とやや途方に暮れて身を屈《かが》めていると、静まりかえった樹林

のむこうで何か激しく木を擦《こす》るような音がした。次に移動していく方向の目安といったらそれしかないので、天願銃を構え、意を決していま音のした方向へ進んでいくことにした。

鳥や獣の啼く声は相変らず消えたままだったが、やがてひときわ葛草が激しく密集している木立を抜けると、そのむこうに突然百舌がいた。

驚いたことに百舌は丸裸で、大きな葛《つる》だらけの木の下に呆然《ぼうぜん》と座っていた。もっと驚いたのはそこにいるのは百舌だけでなく、百舌の周囲にあと数人、裸のままの人間が同じような姿勢で座っていた。

おれは仰天し、一瞬どうしたらいいのかわからなくなったが、すぐにとにかく百舌の話を聞いてみることだと思い、走ってそこに向った。

おれが騒々しく走っていったのにもかかわらず、百舌はその足音で顔を上げようともせず、近づいていって百舌の顔を下から見上げるまで百舌はうつむいたままだった。

「どうしたね、おめえ、こんなところで何をしている」

百舌の肩を両手で摑み、力を込めて左右に揺さぶると、百舌は漸《ようや》く目をあけておれの顔を見た。

「どうしたね、なんでこんなところに座っている？　おまけに裸じゃねえか」

さっきと同じことを繰り返して言うと、百舌はいくらか意識がはっきりしてきたよう

で、

「おらどうも、いや、なに……どうもいきなりこんなことになっちまって……」

弱々しい声でそう言った。なんだか一向に目下の状況の理由もわからないままにおれは百舌の体を起こそうとしたが、百舌は自分からまったく立ち上がろうとしなかった。

「だめなんだ。捕まっちまったんだ」

弱々しい声のまま百舌は言った。

百舌の座っている大きな樹はあたりに沢山の葛を延ばしているのだが、よく見ると、その葛の一本が百舌の背中のあたりに喰《く》い込んでいる。ひどいことになったものだとその葛を摑み、そのままひっぱろうとすると、百舌はいきなり凄じい声で悲鳴をあげた。

「だめだだめだ。それを取ってはならねえ」

百舌は言った。今おれがちょっとそうやって摑んだだけで相当に痛かったらしく、百舌はそれから肩をすくめて頭をこまかく前後に動かし、裸足《はだし》の足裏でぺたぺたと地面を何度も踏み叩《たた》いた。

「だけど見ろよ、相原の野郎も同じなんだ」

百舌が隣を指さすと、三十歳ぐらいの、たしかに根卵屋の女主人から渡された写真にそっくりの男が百舌と同じようにぺたんと座っている。そして同じように背中のあたりに太い葛が喰い込んでいるのだった。

相原らしい男はおれの顔を見ると頬の端の方で少し笑い、

「あんたらよく来たな」

百舌よりもはるかにしっかりした声で言った。その男のむこう側にも別の男がいて、それは睡っているのかただ横たわっているだけなのか、とにかくむこう側をむいて裸の尻を突き出しじっと動かなかった。

「そいつはツノヒラコウゾウという名の男だよ。螻蛄茸《けらだけ》の研究家だけど捕まっちまったから、もうずっとここから帰っていねえのさ」

睡っているその男の背中にも葛が刺さっていてそのまわりがどくどく脈うっている。

「あんたも仲間にならんかね。こうしていると暑くもなく寒くもなくて腹もすかない。養分はみんなうしろの木が送ってくれるから気楽なものだ……」

相原は笑い、異様に肉づきのいい体の腹や尻のあたりを指でがしがしとしばらく掻《か》き続けた。

おれは気が動顛《どうてん》したままなのでそんなことに何と返事していいのかわからず、さらに木の反対側にも同じように葛につながれている人間が何人も座っている様子を呆然と見ていた。

それからおれは百舌のところへ戻り、背負い袋から素早くうたせを引っぱり出した。朦朧《もうろう》としているらしく、また目をつぶってふわふわ上体を揺さぶっている百舌のうしろに回り、百舌の背中から出ている葛の五十センチぐらいのところを摑むと、うたせを振りあげ、力を込めてそれを打ちおろした。

百舌のすさまじい悲鳴があがり、同時に切断された葛の切り口からミルクのような色のねっとりした液がどくりどくりどくりと吹き出てきた。

葛を五十センチほど背中から飛びださせたまま、百舌はさらに激しく泣き叫びながらあたりを転げ回り、喉や顔を掻きむしって苦しがった。背後ではその巨大な樹が沢山の葛を動かしはじめていた。密集した葛がそっくりもぞもぞ動き回ると思いがけない程の大きな音になるもので、それまでおとなしく座っていた相原や、睡っていた男たちも何時の間にか立ち上がり狼狽《ろうばい》してあちこち脈絡なく動き回っていた。その姿は一本の手で操られ、でたらめの踊りを強いられているマリオネットのようで、哀れにおかしくまた怖《おそろ》しく凄じい光景だった。

苦しがっている百舌を抱きかかえて逃げようとすると、木の幹からいきなり巨大な蛇《だ》蝎《かつ》が降りてきた。蛇蝎は長さ七、八メートルにはなる火口蛇《ほぐち》のことで、腹の下の赤い毛氈蛇腹《じゃだびら》がうねっている。口をあけると、マキタビの鱗粉のような黄色い臭気ガスが吹き出てきた。

山の中には怖しいものが潜んでいるらしいとは聞いていたけれど、実際のそれは想像していたものよりもはるかに醜怪でおぞましく、おれは居竦《いすく》んでいた数秒ののち銃も百舌も背負い袋もすべて捨ててその場から逃げだしていた。

葛だらけの急斜面を、一秒も休まず殆どころげるように降りてきて、やがて服から出ている手足と顔を血だらけにしながら、山の麓の農家にころがりこんだ。

おれの震えは永いこと収まらなかった。農家の主《あるじ》は息子らに命じておれの布団の上に梯子《はしご》をのせ、両端を二人で持って一晩中震えて動き続けるおれの体を押さえ、女房が足のあたりを押さえていた。

それでも夜半になると農家の女房がつくってくれた怖望楊《なめらの》という薬が効いたらしく、漸く深い睡りを得た。

ところが翌朝になるとまた騒ぎが起っていた。何事がおきたかとおれが出ていこうとするのを農家の主らは必死で押さえ、何でもない何でもない、というのだがその眼は吊《つ》りあがり、顔面は完全に蒼白《そうはく》になっているので何でもないわけがないと知り、おれは強引に起きあがった。

不思議なことに昨日のあれだけの怯《おび》えはどこかへ消えうせており、今は全身で激しく叫び回りたいほどの怒りとその気魄《きはく》に満ちていた。

騒ぎがおきている庭を覗いてみると、驚いたことに昨日の蛇蝎が農家の中庭にやってきて巨大なとぐろを巻いているのだった。

おれが息をのんで見つめていると、農家の主がやってきて、さっきよりは少し落ち着

いた声で、

「大丈夫ですからな、いま息子に敷島さんを呼びに行かせましたから」

と、太い声で言った。

「敷島さんとはどういう人ですか」

おれが訊くと、主は大きく頷《うなず》いておれの肩を叩き「ああいうものを始末してくれるんです」と、言った。

蛇蝎はそこに下ってくるまで通り沿いの別の農家の飼い犬や鶏を襲ってきたようで、それらの人々が何かあったらすぐにでも逃げ出してしまえる腰つきで恐怖と怒りをないまぜにしたまま農家の門のところに沢山集まってきていた。

間もなく敷島という人が黒塗りの大きな荷台のついた転々車《ころがり》に乗ってやってきて、暫く腕組みしたまま庭の蛇蝎を眺め、それから母家《おもや》に上ってきて農家の主とおれにこのような話をした。

「この蛇蝎を殺すのはそれほど難しくはありません。しかしこの蛇蝎は山の中からあなたを狙って降りてきたので、あれを殺すときは初めにあなたの姿をよく見せて、おのれはあなたに殺されるのだ、ということをよく認識させておく必要があるのです。そうしないとあの蛇蝎は殺しても殺しても何度でもあなたのあとを追ってくるでしょう」

敷島という人は五十歳ぐらいで頭のてっぺんが異様に尖《とが》っており、両方の眼窩《がんか》がとりかえしのつかないように奥へ深く落ち窪《くぼ》んでいた。

　敷島の言うようにいつまでもこんなものにつきまとわれるのは嫌なので、では自分はどのようにすればいいのか、ということを真剣に聞いた。

　敷島の説明によるとおれのやるべきことは簡単だったが、しかしそれはけっこう勇気のいることであった。

　間もなく準備が整い、おれは敷島の指令するとおりのタイミングで駆けだしていき、蛇蝎の前に躍り出た。敷島の言っていたとおり蛇蝎はおれの姿を認めるとてつもない速さでとぐろをほどき、おれの後を追ってきた。庭を半回りしたところでおれは農家の主が用意してくれていた梯子にとびつき、必死の思いでそこをかけ昇った。蛇蝎はくやしがり、首を二メートル程もたげておれを睨《にら》みつけ、火口蛇といわれるだけのある赤い口をあけてしゅうしゅうと臭い息をあたりに撒き散らした。

　その間に敷島が蛇蝎の尾を摑み、それを持って反対側に立ててある梯子をめがけて走り昇った。

　敷島はとてつもない力で尾を引きずりあげ、農家の屋根に青蓮杭《はりとどめ》という異態化生物専用の太釘《ふとくぎ》で蛇蝎の尾を打ちつけ、しっかりと止めてしまった。蛇蝎は怒り狂ってのたうち回り、農家の庭にあった植木や田畑の道具の殆どを薙《な》ぎ倒し、さらに雨戸や軒下のいたるところを激しくくねらす頭の先でさんざんに壊した。

蛇蝎のとどめをさすのもおれの役目だった。慌てたり焦ったりしてあらぬ向きへ撃たないように周囲の見物人を遠ざけた上で、おれは農家の主に借りた三連の切り羽銃《きはじゅう》をかまえ、屋根の上から蛇蝎を撃った。敷島から目と目の間を、と厳しく何度も言われるのだがそれはなかなか難しく、漸く十発目で急所に命中させた。

葛の木にとらわれた殺人犯の相原や、いまだに戻ってこない百舌を捜しに武装した山狩り隊が出発したのはそれから二日後のことだった。案内役としておれも参加したのだが、三日三晩記憶に残るそれらしきところを歩き回ったのだがとうとう問題の葛の巨木を捜すことはできなかった。葛から脱《のが》れた百舌の行先もわからなかった。百舌は背中に葛を突き出したままツノサラセの方へ帰ったのかもしれない、とおれは考えていた。

おれが蛇蝎にここまでしつこく追いかけられたという噂《うわさ》を聞いてぜひそのときの話を聞かせてくれといって町の川沿いに住んでいる老人がたずねてきて、随分長いことおれの話をあれこれ聞いた。

亀井重平《かめいじゅうへい》という人工ポンプで心臓を動かしている百二十歳ぐらいの老人は、それが永年の癖なのか心臓ポンプの入っている車椅子の変速レバーをせわしなくかしゃかしゃ動かしながら、

「あんたさんが蛇蝎に狙われたのは、お山に入るときに体の中のものを全部抜いていか

なかったからですよ。その朝巫女さんときちんとまぐわいましたか」と、その指先のレバーの動きとまったく合わない、おそろしくゆっくりした口調で言った。

あまり質問が多いのでおれはすっかりくたびれてしまったので、そうしなかったということを軽く答えているど老人はつくづくあきれた顔をして、「生きて帰れたのが不思議でしたな」

と、さらにゆっくりゆっくりした口調で言った。

それからまた、おれが山の中で見た巨大な葛の木は「みるなの木」と言われているのだ、ということをそのときはじめて知った。

赤《あか》腹《はら》のむし

手招川《てまねしがわ》の「くねくね」のあたりで二年ぶりに百舌《もず》と再会した。裸になった百舌の背中には火傷《やけど》のような大きなひきつりがあって、それは蛇蝎《だかつ》の樹《き》の蔓《つる》先が百舌の体の中に入っていた傷跡だった。それをのぞけば赤銅《しゃくどう》色をした百舌の体は頑丈そのもので、相変らず目の光に凄味《すごみ》があった。

百舌は手招川の浅い急流の中に両膝をついて、何かの獲物を熱心に狙っているところだった。

おれははじめ吊《つ》り橋の上から「何が獲《と》れるのかね」と聞いたのだが、百舌はそれには何も答えなかった。川の流れの音で聞こえないのだろうと思い、吊り橋を揺すってさらに気を引こうとすると、やつはいきなり振り返った。何時《いつ》の間にか口に猖猩《しょうじょう》筒をくわえていて、その照準がぴったりおれの額のあたりに向けられているのでおれもさすがにいくらか慌てると、その顔が二年ぶりに会う百舌だった。

「またどこかで会えるだろうと思っていたけれど、案外時間がかかったな」

おれが言うと、百舌は少し笑って、「ついこのあいだまで八文字の中にいたのさ」といくぶんしわがれた声で言った。八文字といったら処刑場か墓場のことだけれど、まさか本当にそういう訳でもなくて、百舌流のたいして笑えない冗談のようだった。

流れの中に足を突っこんでおれと百舌はそのあたりに沢山生えているコプラの実をたべた。コプラの実は熟しすぎると口の中を真赤に染めて、舌や歯も二、三日は赤いままだったが、甘酸っぱくてとろとろしたその旨《うま》さにはかえがたい。

ひと息ついてから、百舌はまた川の獲物を捜しはじめた。百舌が狙っているのは赤腹《あかはら》で、いまじぶんちょうど川下からこのあたりまで上ってきて産卵するのだという。

赤腹は鉤裂魚《かぎさききぎょ》の仲間で、背にいくつもの毒のある挟針《はさみばり》を持っているから、捕える時は慎重にやらないと危いようだ。

でも百舌の言うことには、捕え方は簡単でたいてい赤腹は川岸に縞段《しまだん》になって続く炭《たん》重《じゅう》砂岩のあちらこちらの洞《あな》に潜りこもうとしてばしゃばしゃしているから、その巨大な尾をつかんで強引に引っぱり出し、そこらの岩に頭を叩《たた》きつければいいらしい。

くたっとなったらすぐに腹を裂いて卵をとりだす。一匹に十〜二十個ほどの卵があって、これは外気に晒《さら》すと最初はいくつもの色に染まってとても綺麗《きれい》なのだけれど、茹《ゆ》でるとまっ黒な丸石のようになってしまう。

「茹でて村に売りにいく。茹でねえと中のむしが腹を破るからな」

百舌が言った。

「卵の中にむしがいるのか？」

「ああ、性悪で放っておくと卵の殻ぐれい食い破ってしまういやなむしだよ。だけど茹でたらそのむしがうまいというわけだ」

百舌は右手を丸めて素早く川の水をのみ、コプラの実ですっかり赤くなってしまった口をひくひくいわせた。

夕方近くなるまで、おれも手伝って赤腹の卵を二百個ほども獲った。それから川沿いの繁《しげ》みを少し登ったあたりにある百舌の小屋へ行った。

百舌の小屋は弾力のあるナンバンユルギの枝で骨組みをつくり、人間の手にそっくりの形をした眈眈草《ふぐらし》をいくつも重ねあわせて壁や屋根にしている。いかにも手慣れた工作で面白いものだからあちこち眺め回していると「この小屋も今日でしまいだ」と百舌が言った。それから手をはたいて小屋の外に出ていき、湯をわかす準備をはじめた。石で囲ったかまどの上に載っているのはすこし前の山岳戦争の時にしきりに使われた平頭弾《ひらうち》の筒先を切った代用釜のようだった。

「ほんのひと月ぐらいのつもりで来たんだけれどけっこう永く居すぎたよ」

百舌は久しぶりに知っている顔と会ったからなのか、思いがけないほどよく話をするのでおれは少々驚いていた。

百舌の言うとおり、赤腹の卵は沸騰した湯の中に転げ落すとしばらくわらわらと代用釜の中で踊り回っていたが、間もなく唐突に黒い色に変り、湯の上に浮き上った。百舌は慣れた手つきでかたわらの葛で編んだ自在タモのようなものでそれらを掬《すく》い、足元にひろげてある綺羅双樹《きらそうじゅ》の大きな葉の上に置いた。

代用釜の中には赤腹の卵は多くても二十個ほどしか入らなかったから、そうやって同じ作業を何度か繰りかえすのだ。

三回目の卵を茹でている間に、百舌は最初の卵を取りあげ、おれに手渡した。そいつは茹でると重みを増すようで、両の掌《て》の中にずしりと沈むような感触だった。

「少しぬくいうちに食うといい」

百舌はそう言いながら腰から柄《つか》の曲ったフグリ刀を引き抜くと、その柄のところで器用に殻を割った。

赤腹の卵は脛玉《すねだま》の実と似て、全体の大きさにくらべると卵核の部分が奇妙に小さく引き締っている。おれは殻を割って外に出てくることもあるという中のむしが少々気になったが、そいつらは百舌の言うように茹であげられておとなしく卵白の周囲に固《かたま》っているようだった。

「どうだい、うまいもんだろう」

百舌が卵を食べながらもがついた声で言った。百舌の言うようにそいつはほくほくして腹にたまるいい味だった。

翌朝百舌とおれはその二百個の卵をまた川べりへ持っていった。百舌は川岸から少し離れた炭重砂岩に角突鉈《つのつきなた》で深い穴をあけ、卵を十個ぐらいずつ綺羅双樹の葉にくるんでその中に埋めた。穴の上に河岸の土をかけ、さらに大きな炭重砂岩の塊りを載せ、それを蓋がわりにした。

「こうしておくとな、この卵はやがて中の全部が殻のように固くなって、永保《ながも》ちするようになる。そうしたら村に持っていって高く売れるんだ。食べる時は薄く切る」

百舌は面倒見のいい宿番頭のような口調でそのようなことを言った。見回すと、そのあたり赤茶色の砂岩帯のあちこちに、いま百舌が蓋がわりに置いたような炭重砂岩の塊りが沢山あった。

「おめえも何時の間にか随分おとなしい仕事をするようになったんだなあ」

感心してそう言うと、百舌は下をむいて少し舌打ちをし、それから両手で自分の顔をぱしりと叩いた。

小屋をひきはらった百舌のあとについてその日はひたすら手招川を下った。とくにあてはなかったが、川の下流にある和布刈《めかり》の村までは百舌のあとについていけば確実に行ける、ということがわかったからだ。

手招川は「くねくね」をすぎると川幅をいきなりひろげ、水流も急に緩やかになった。川岸の左右には湿地帯がひろがり、蒸気鴨《がも》やトビサゴなどが驚いて草の中を右往左往している。

「このあたりはテンバリなんかはいねえのかい」気になっておれが聞くと「さあて、どうかな」と百舌は首をひねった。

天衝虫《てんつきむし》や移動性の寸門陀羅茨《すもだらいばら》なんかを踏み抜くと四、五日まったく歩けない体になってしまうからあまり水草の繁み沿いを歩くのはよくない。かといって川の中に入っていくと底にねばついた泥がどんどん堆積してきておそろしく歩きにくかった。

「どうせなら何かに摑《つか》まって流れに浮かんでいったほうがいいんじゃねえか」

おれがそう言うと、百舌は手を丸めて水をすくい、口をゆすぎながらまだ相当に赤い口でニヤッと笑った。それから、

「この川のまん中へんを選んで赤腹がのぼってくる。やつらの背中の毒挟針にやられたくはねえだろう」と低い声で言った。

半日ほどで和布刈村に着いた。村は川から少し離れた窪地《くぼち》にあって、いたるところに背の高い金目銀目樹が生えていた。肉厚の葉の間からおびただしい数の白い花が吹き出るように咲いており、そこから頭の中がくらくらするような粧粉香《いろまどし》の匂いが濃厚に漂っていた。

「この村はいく人ぐらいいるね？」

匂いにむせそうになりながらおれが聞くと、百舌はふいに足を止め、首をすくめるよ

うにした。
濡葛《ぬれづた》の丈の低い繁みに身を隠すようにして、百舌はじっと前方の村の様子を窺《うかが》ってい
るようだった。そこはなだらかな傾斜がついているので、屋根の丸いイグルー型の家が
いくつも並ぶ村のはずれのあたりがよく見えた。家はどれも高床式になっていて、よく
見るとその足元には草色の水がたまっている。窪地は湿地帯の中にあって、大水の難儀
に襲われたようであった。
「水が出たようだぜ」
おれがそう言うと、百舌は小さな舌打ちを繰りかえし「このあたりの村はわざとああ
して沼の中に家をこしらえてるのさ」と前方をじっと見つめながら言った。
「そうしねえと夜中に筒ばしりがぞろぞろのぼってくるからたまらねえ」
このあたりに来たことのないおれは筒ばしりのことは何も知らなかった。どんな虫な
のかちょっと聞いておきたかったが、百舌は相変らず緊迫した表情としぐさで、濡葛の
繁みのむこうに注意を集中していた。
「どうもへんだ。人の姿がまるで見えねえ……」
百舌がまた口の中でこまかい舌打ちを繰りかえした。
「いつもならサンパンがいくつも動いているのによ、今日は何も見えねえだろ」
「ああ」

サンパンとかサバニというのはこのあたりでいう小舟のことだろうとすぐにわかった。

百舌とおれは腰をかがめながらそのあたりにまばらに生えているひねくれたようにやたら曲がっているうろの木に沿ってさらに斜面を下っていった。やがて少し高くなっている草のない丘が見えてきて、その上はむきだしの赤い土が盛りあがっている。もう相当に村に近づいているのでおれと百舌は這《は》うようにしてその上を進んだ。赤い土の丘からは沼の中に沈んだように見える村の全体が見えた。百舌の言うように動いているサンパンはひとつも見えず、村全体が不自然に静まりかえっていた。

「どうもやっぱりおかしい。もう少し近くまで行って様子を探ってくるから、おめえはここで待っていな」

百舌はそう言うとおれの返事も待たずに土の丘を回って草つきの斜面に降り、しっかりした足どりで沼の方向に走っていった。

素早く繁みの中を進んでいく百舌の姿を丘の上に腹這いになって眺めていたが、二年ほど前にも百舌がこうして先にどこかへ行ってしまい、やっと見つけたら蛇蝎の樹にとらわれていて身動きできなくなっていたのを思いだし、少し嫌な気持になった。

百舌の姿は間もなく金目銀目樹の葉の繁みに隠れて見えなくなり、おれはとりあえず何もすることがなくなった。腹がすいていたが、村に着いたら好きなものが手に入る、と百舌が言っていたので、途中で何も食べ物を手に入れようとしなかったのだ。

仕方がないのでそのまま腹這いになっていると、半日歩きずくめで疲れた体に赤い土のぬくもりがなんともいえずここちよく、とくに空腹で少し痛いような感覚にもなっていた腹のあたりがぬくぬくしていい気持だった。

沼の中の村はずっと何も動きはなく、百舌の姿もそれからまったく見えなくなってしまった。


気がつくと頭の上で誰かの声がした。何かしきりに怒っているようで、怒鳴りながらおれの体を揺さぶっている。おれは頭の中が朦朧《もうろう》としてしかも全身がここちよく、その怒鳴り声や体を揺さぶる手がひどく迷惑だったので、何か悪態をつきたかった。けれど、こういう時に何を言えばいいのかうまく言葉が思いつかず、どうも困ったものだ、と考えているうちにいきなり両足のつま先のあたりに激痛が走り、おれはたまらず呻《うめ》き声をあげていた。

つま先の激痛はふくら脛《はぎ》を越えて太股《ふともも》のあたりまでぎりぎりと走り、痛みをこらえるために頭をかかえようとしたが、両手がまるで動かなかった。

おれの背中のあたりで怒鳴っているのが百舌の声だということがその頃漸《ようや》くわかってきた。

「こらこのやろう、うせやがれ、このやろう」

百舌はそのようなことを口汚く怒鳴りながら、おれの体を何か棒切れのようなものでしきりに叩いているようだった。

激痛は続いておれの両手両腕にひろがり、痛みの中で急にそのあたりが自由に動けるようになっているのがわかった。

おれの肩のあたりを背後から百舌らしい手が摑《つか》んで揺さぶっているのがわかった。それからふいに全身が軽くなり、おれはいくらかふるえる手と足で四つん這いになっていた。

おれの肩を摑む百舌の手にさらに力が入り、おれは百舌と一緒にそのあたりをころがっていた。

「まったく危ねえところだったよ」

荒い息を吐きながら百舌が両手でおれの背中を叩いていた。何がどうなったのかわからないのでおれはただもう息を弾ませて頭の上の空を見ていた。

「もう少しおれが注意してりゃあよかったが、ついうっかり村が気になってな、危いところで助かってよかったけれど、おめえにはとんだ難儀をさせちまったよ」

百舌が早口で言った。

「そうかまだおめえはこのあたりの釈迦蜘蛛《しやかぐも》を知らねえんだな。おめえはもう少しであれに腹の臓物あたりを喰《く》われるところだった」

まだぼんやりしているおれの顔の先に百舌の手が伸びた。百舌の指さす先がどうやらさっきおれが寝そべっていた赤い土の丘のあたりらしかったが、そこには少し前におれと百舌が居た時とはだいぶ様子が違って、沸騰でもしているように沢山の赤土がぼこぼこ膨れ弾《はじ》けていた。

「ははは、野郎が土の中で怒っているよ」

百舌が笑った。


おれと百舌はまた濡葛の繁みのあたりに戻って、百舌の持ってきた虻餅《あぶもち》を齧《かじ》った。村を探った帰りに百舌がどこかの家で見つけてきたのだ。

「連中はみんな集会所にいた。村中のサンパンが全部そこに集《あつま》っていたから、おれは泳いで渡ったがな」

おれの齧った虻餅の切り口が赤く染《そま》っていた。口から血が出ているわけではないので、おれの口もあのコプラの実でまだ相当に赤いままらしいということがわかった。

「集会所の柱を昇って屋根から覗《のぞ》いたら、おれの知っている鬼灯《ほおずき》のやつらだった。法務支庁の引ったつ吏《り》だよ」

唾を吐きながら百舌が話を続けた。

「やつらはおれを捜しているからな。徴税のついでに村の連中を集めておれの居場所を調べていたんだ」

「どうするね」

漸くおれの息と動悸《どうき》が収《おさま》ってきた。

「おめえに頼みがある」

「なんでも言いな」

さっき百舌に命を助けられたばかりだから、おれはどんなことでも百舌の言うことを聞いてやろうと思っていた。

「今夜ここらあたりに居て、やつらが動き出さねえかどうか見張っていてもらいてえんだ。もし川を昇っていくようだったら、そこらの火焔樹《かえんじゅ》の二、三本を燃やしてもらいてえ、火のつけ方は知っているな」

百舌の指さす先に沢山の紅色の葉を風に躍らせている火焔樹が見えた。

「おめえはどうするね」

「朝方までに戻ってくる。戻ってこなかったらそのまま消《ふ》けていいぜ」

百舌は目を光らせてそれだけ言うと、背中をすこし丸めるようにして素早い動作で川沿いの繁みに消えた。おれはその場にうずくまり、時間がたつのを待った。

夕暮から本当の夜の闇に変る頃、昼間おれが危い目にあった赤土の丘、釈迦蜘蛛のいるあたりでいきなりふうふうびょうびょうという激しい息づかいと固い蹄《ひづめ》のようなものが岩を打つ音が聞こえ同時に沢山の土の沸騰する音がした。何か夜行性の大きい獲物が釈迦蜘蛛に喰われたようだった。

それから少しして村のあちこちにぼつぼつ赤暗い灯《ひ》がともり、サンパンの組み艫《とも》らしいものがぎいぎい軋《きし》んで進んでいく音がした。鬼灯の連中がいよいよ百舌を捜しに出たのかと緊張して息をひそめていたが、斜面を昇ってくる足音は聞こえなかった。百舌の残していった固い虻餅をしゃぶるようにしてさらに時間がたつのをじっと待っていると、いきなりおれの背後で「ふうふうびょうびょう」というもの凄《すご》い鼻息が聞こえた。

振りかえると巨大な生き物がふうふうびょうびょうと荒い息を吐きながらおれのしゃがんでいるすぐうしろを歩いていくところだった。そいつはぬらぬらした光沢のある筒型の体から同じくぬらぬらした四肢が左右に出ていて、そいつでかっかっと土を叩きながら進んでいたが、口に何かもうひとつ別の巨大なものをくわえているようで、そいつの蹄の音が遠のいていっても、おれのうしろをいつまでも黒くて毛だらけのものが斜面を長々と引きずられていった。

そいつが通りすぎていったあともおれはかなりながい間頭を抱えて身を震わせていた。あの息の荒い巨大なものが何であったのかおれにはよくわからなかったが、そいつに引きずられていったおそろしく長いずるずるしたものがどうやら巨大な釈迦蜘蛛の親らしいとわかったときから、おれの体は大きく震えてしまったのだ。

それからまた長い時間がたち、そろそろ夜明けまぢかになった頃、百舌が斜面の木立からいきなり姿をあらわした。

百舌は籠を背負っており、両手に黒い手巻指巻《もろまき》をくくりつけていた。

「やつらはおとなしく寝たようかい」

百舌がすこしかすれたような声で言った。

「やつらは誰もこなかったけどな」

おれは立ち上り、臆病のように思われたら嫌なので少し迷ったけれど、どうせ言わずにはいられないと思ったので、数時間前の黒い巨大な生き物のことを話した。

「そいつが筒ばしりだよ、おめえよく持っていかれなかったな」百舌は闇の中でもそれとわかる足もとのなぎ倒された長い条痕を見て小さく首を振った。

百舌は休むそぶりも見せず村へむかう斜面を降りていくので、おれもとにかくあとについて行った。

「もうあんたには充分手助けして貰《もら》ったからあとの世話はいらねえよ」

足早に歩きながら百舌はそう言った。

「面倒でなかったらおれもついていくよ。どっちみち行き先は決まっていねえんだ」

「そうかね」

百舌の返事はそっけなかった。

村に近づいていくと、百舌は少し背をかがめ、足音をしのばせた。そのすぐうしろを百舌と同じように歩きながら、おれは腰のジュラ刀を摑み、何時でも抜けるように鞘《さや》ごと腹の前のあたりに位置をずらした。沼に近づいていくと、大勢の人が咳《せき》をしているような音がして緊張したが、すぐに寄貸蟇《やどかしがえる》の啼《な》き声であることがわかった。沼の水はいくらか白味の増した夜明け間近の闇の中にまだそっくり重く沈んでいた。百舌は沼の端に着くと、確信に満ちた足どりで丈の低い水草の中を歩き回り、やがて小さなサンパンをひきずってきた。どうやらこの村には何度も来ているらしく、いろんな要領を心得ているようであった。

「じゃあ乗っていくかい」

小さな回し櫓《ろ》を巧みに操りながら百舌が穏やかな口ぶりで言った。そのあたりはゴホゴホいう蟇の啼き声でうるさいくらいになっていて、うまい具合に櫓の水をかき回す音は殆《ほとん》どその音の中に消されていた。

沼の中央部にむかって棒付カンテラを灯《とも》した高床式の小屋がいくつも連なって見えたが、百舌は暗がりを選んで、小さな家に向った。

百舌はサンパンを上手に水面と床の間に入れて、床下の横木に素早く取りついた。昼間来た時、何事か打ち合わせがしてあったらしく、床板を叩くと、あげ蓋が開き、百舌は軽い身のこなしでそのまま小屋の中に入っていった。

小屋の中では少しの間低い囁《ささや》き声が聞こえたが、それもゴホゴホいう蟇の音で殆ど聞きとれず、百舌はすぐに小屋の床から逆さに顔を出し、「待たせてすまねえ」と引き締った声で言った。

次に向っているのがどうやら官吏たちの寝ている集会所のようだったが、百舌はそのようなことはとくに何も説明しないので、おれも黙っていた。集会所に近くなると小屋の外にいくつも棒付カンテラが出ているのでサンパンの隠れ場所がなく、おまけにいよいよ夜明けを迎えて遠い山なみの上方が明るくなってきていた。

しかし百舌はかまわずサンパンを集会所に向けてすすめていくので、これはつまり堂々とやる気なんだな、ということがわかった。

集会所の床はさっき寄ってきた小さな小屋よりもはるかに水面から高いところにあって、水から突き出ている柱も太いものが使われていた。百舌は何時の間にか腰にラバ帯を巻いていて、片手でそいつを素早く解き、そのうちの一本をおれに渡してよこした。こいつを柱に巻いて、両手で引くと、がっしりした手懸りになって、楽に柱を登っていくことができる。百舌はたちまち屋根の上まで登っていったのでおれも大急ぎでサンパンを柱につなぎ、そのあとを追った。

やとい草で編んだ屋根は弾力があるので、おれたちが這っていってもたいした音がせず、百舌は屋根の中腹部に昼間つくっておいたらしい細長い隙間から中を覗き込んでいた。

おれがそこに近づいていくと、百舌は顔をあげ「やっぱり聞いていたとおりだったよ」と満足そうに頷《うなず》いた。

百舌の覗いていた部屋は屋内用の油布灯のちろちろした赤橙《あかだいだい》のあかりが部屋の中で揺れており、そのまん中へんで官吏らしい男が若い紅染女《すいこまし》の薄桃色をした羅衣の裾奥深くに頭を突っこんでいた。紅染女は眼《め》と口を半開きにして喘《あえ》いでおり、そのあたりからも粧粉香の匂いが濃厚に漂っていた。

「可哀相《かわいそう》に。あの娘はおおかた腰ぐされの薬でものまされているな」

百舌がおれの耳元で言った。

紅染女の羅衣の中に潜り込んでいて肩から上がそっくり隠れているのではっきりとはわからないが、官吏はかなりの歳《とし》のようで、時おりぎこちなく金糸織の胴着のあたりがひくひく動いていた。さらによく見ると、紅染女は細帯のようなもので両手を縛られており、官吏が羅衣の中で動くたびに苦しげに縛られている手を左右に揺すっている。そんな様子を見ているると、部屋の扉がいきなり開いて、なんと百舌が顔を出した。おれが夢中で部屋の中の異様なありさまを覗いているうちに、何時の間にか百舌は次の行動に移っていたのだ。

百舌はからみあっている二人のかたわらに油断のない動作で近づき、官吏の布団の枕元のあたりに置いてある赤塗りの酒肴箱《よろしな》の蓋をあけ、その上にかがみこんだ。それから、またさっきと同じ敏捷《びんしょう》な動作でその場を離れた。

百舌が部屋に入ってきても、紅染女の半開きの眼には何も変化がないので、眼はあけていても殆ど意識がないらしい、ということがわかった。

仕事はそれですべて終ったらしく、百舌は屋根の上のおれを見上げて「降りろ」というような合図を片手でしてみせた。

百舌とおれは、サンパンに乗って集会所から一番近い小屋に向った。小屋の下にサンパンを入れ、そこでしばらく待っていよう、と百舌は言った。夜明けは遠くの山なみをさらにくっきりと浮きたたせ、沼の上は朝の風がときおりするりと吹きぬけて、何時の間にかあのゴホゴホやかましい寄貸蟇の啼き声も消えていた。

「蟇の声が消えたよ」

おれが言うと、百舌は「巣の中に潜ったんだ。夜のうちはその巣の中に花髭《はなひげ》がかわりに潜っている。だからやどかしというんだよ」と、落着いた声で説明してくれた。

どんどん明けていく沼の景色をそれからしばらく眺めていると、集会所の扉が突然あいて、背の低い官吏らしい男が飛び出してきた。そいつは腹をかかえて集会所の前の坂場の上をくるくる回っていたが、やがて体を折り曲げるようにして狂ったような呻き声をあげ、そのまま沼の中に頭から落ちていった。

官吏が落ちると入れかわりに二人の従者が外に飛び出し、いま官吏がしていたのと同じようなしぐさと呻き声をあげて、同じように沼の中に落ちていった。

「けっこうあっけなくかかりやがった」

ひととおり眺めてから百舌が笑って言った。百舌の口にコプラの赤い色がまだ残っているので、朝の白い光の中ではかなり奇怪だった。

「そうかおめえ、あのむしを使ったな」

おれが感心していると、百舌は「使ったのはこれが初めてだけどな」と、小さく何度も頷きながら言った。

官吏たちが死んでも、手を縛られている紅染女は疑われない、というのも百舌の計算のうちだった。でもこれでまた百舌はもっと北の方へ逃げなければならなくなり、その日のうちにおれと百舌は手招川の近くで別れた。

百舌はそのあとヌルデのミミフシという村をめざして山に入り、おれはさらに川を下っていくことにした。

滑《ぬめり》騙《だまし》の夜《よる》

独楽坂《こまざか》商店街の入口にあるアーケードの柱は赤と黄と青がひと昔前の床屋の動く看板のようにねじれ模様になっていて、その強引で毒々しい色あいは、商店街の内側にまで入りこんでいる。

私と妻の浪江《なみえ》が時おりたちよる倹飩蕎麦屋《けんどんそばや》もそのひとつで、通常なら紺地の木綿に染め抜き文字の暖簾《のれん》がかかっているようなところを、七色に光る大きなビーズ玉がぶら下っており、御丁寧にビーズ玉の一番下には象、猿、羊、キリン、猪《いのしし》、虎、兎《うさぎ》などの動物瓢《ひょうきん》軽細工がくくりつけられている。

この蕎麦屋の人気は盛り切りの蒸し蕎麦で三段重ねの蒸籠《せいろ》には四方に小さな窓があけてある。これでは蒸気が漏れてしまうのではないかと、あるとき私は疑問に思い、浪江に聞いたことがある。大丈夫。この蒸籠は単なる蕎麦の容器にしているだけで、このまま蒸している訳ではない。もっと大きな蒸し釜で、おそらく胡坐笊《あぐらざる》か何かでもってまとめて蒸してしまうのですよ、と言った。

蒸し蕎麦は、トクサ香薷《こうじゅ》の甘汁を染みこませた赤蕎麦と、白粉練り蕎麦、それに黄土色の鉄砧《てっちん》めんをまぜて盛り切りにし、玉桃の甘だし汁で食べる。

三色からみあった蕎麦は見るからに濃厚な気配だが、浪江はこれが好きで、日曜日の午後にこの店に来るのを楽しみにしている。私もつきあうのだが、玉桃のねっとりした甘汁がどうしてもなじめず、いつもふたくちみくちでやめてしまう。私の残したそれを、まわりの目を気にしながら浪江がそっくり食べてしまうというのも何時《いつ》も同じで、私はまあそういう風景を見ているのも悪くない、と思っている。店の奥の訥台《とつだい》の上には赤い鬼灯帽子《ほおずきぼうし》が置いてあるから、この店が優良認可店であることがわかる。

吐蕃牛《とばんぎゅう》の頭を模した丸くて重い茶碗《ちゃわん》の中に肝水茶《いきのすいちゃ》が入っている。こういう時に煙草《たばこ》が喫《す》えたら有難いのだが……と私は手もちぶさたの両手を眺めてしみじみそう思った。

俟飩蕎麦屋から乃川《おいかわ》通りへむかうアーケードの並びは殆《ほとん》どゲームランドが続いていて、私たちには用のないところだった。ゲームランドはどこも騒々しくて、そっち側の沢山の店の音がそっくりまとまって風圧をともない、ちょっとした地鳴りのようになって路上を走ってくる。斜め前方のCLASSIC Boysの店先には巨大な堪忍坊主が立っていて、子供らがそれをとり囲んでいた。堪忍坊主は大きく胸を張りゴリラのように太い両腕でばんばんそのあたりを叩《たた》き、さあどこからでも撃ってみろ、と野太い声で騒いでいる。子供の一人が今度の戦争で一番使われていた坂胴《ばんどう》砲によく似た喇叭《らっぱ》筒の銃を構えると、躊躇《ちゅうちょ》なく発射した。「どおん」と低いくぐもった発射音がして、銃口から吹き出た薄桃色の煙があたりに漂い流れた。立ち止まって眺めていた私と浪江のところにまで鱓煙《うつぼえん》汁《じゅう》の臭いが流れてきたので、浪江が慌ててハンカチで鼻のあたりを押さえた。

堪忍坊主の頬のあたりにぷつりと穴があき、そこから血が吹き出ていた。堪忍坊主は怒りで目を赤く剝《む》き、さらに両手で胸のあたりを叩いて足も踏み鳴らし「このくらいがなんだどうした！」とさっきよりも荒い声で怒鳴っているが、命中した傷がけっこうこたえるらしく、口の端からしゅうしゅうという息漏れの音が聞こえる。

子供らは興奮して互いに背中や肩のあたりを指で突つきあった。銃を撃った子供は傍らで沢山の称賛ランプを点滅させて喜んでいる装塡装置の切羽孔《あなどおし》に銃口を突っこみ、硬貨を入れて新しい弾丸と発射ガスを注入している。

「また撃つのでしょうか」

浪江が不安そうに言った。

私はそれには答えずに先に歩きはじめた。通りのむこうから一人楽車《だんじり》がやってくるのが見えた。螺旋《らせん》状になった梵天《ぼんてん》太鼓を激しく叩きながら「ああさらまっさいしゅうめくり。のってんのってんしゅうめくり」と、女のようなかん高い声で唄っている。そのうしろを子供たちが七、八人ついてきているから、まだ子供たちの好きな舌切り口上はやっていないのだろう。

アーケードの西門を出てすぐのところにあるコンビニエンスストアで、浪江はティッシュペーパーと新しい暗記帖を買った。レジのカウンターの上に千手猿《ぶらさがり》が座っていて器用に包装をしてくれる。千手猿の目には皹割《ひびわ》れのような赤筋がびっしり放射状に入っていて、私はそいつと目を合わせるのがとても嫌なのだが、浪江は平気なようだった。私はカウンターの前にあるラックから素早く新聞を引き抜き、精算する直前の浪江に渡した。

ここから家に帰るには二通りのルートがある。少し遠回りになるが、散歩がてら万治郎用水の土手道を歩いてゆくのが私は好きだった。けれどこの用水も近頃は戦祝川と名称変更し、色縞《しきしま》流れになっている。上流の緊褌池《きんこんいけ》から断念堰《ぜき》までの七キロの区間に袷《あわせ》紺青《こんじょう》の塗料を流し、いくつもの濃度のちがう緑と青と薄赤の縞流れをつくっている。同時にそこにギザ魚や淡水鱧《はも》などの回収魚を流し、七キロ下の断念堰の網簗《あみやな》でそれらを生け捕って回収してはまた上流に戻して色縞流れに放す。見ているぶんには賑《にぎ》やかな祝い川そのものの風景なのだが、本当の命には乏しく、ギザ魚も淡水鱧も恰好《かっこう》ばかりのつくりもので、鱗皮《りんぴ》の内側はするべ肉のくねくね機構がついている木偶《でく》にすぎない。

「公園の道を行きましょう」

浪江が低い声で言った。彼女の考えていることが私にはよくわかっていた。

馯々花《かんかんか》公園の入口にも独楽坂商店街の入口にあったのと同じ三色ねじりんぼうの飾り柱のアーチがつくられており、その回りにはこの季節に少々異様な険呑花《けんのんか》が群落をつくり、黄と緑と薄赤の三色合弁の花を咲かせている。

レンガを敷きつめた道がさまざまな花壇を巡って遊歩道になっている。ところどころに小動物の檻《おり》があって呵《か》々兎《かうさぎ》や胴樽蜥蜴《どうたるとかげ》、平足《ひらあし》のつがいなどが、その中でじっとしている。気味の悪い背赤長虫《がらずり》の群棲《ぐんせい》団子塚のまわりには怖いもの見たさでいつも子供たちが群がっていた。浪江は呵々兎が好きで、そこを通るときは、そのあたりに生えている天蛾草《てんがそう》の柔《やわらか》い葉を鉄柵の隙間から手渡しで食べさせる。かかかかかと呵々兎が喜んで小槌《こづち》を叩くような音で啼《な》くのが愛らしい、と浪江はそこを通るたびにいつも言う。

腐爛柘榴《ふらんざくろ》の巨木の隣に乾涸蔵《かんこぐら》があり、その四隅に武器を持った警備兵が、三色防護服に身を固め、兵士にしてはそこだけおそろしくバランスの崩れた赤丸のぼんぼん飾りのついた三角帽を被《かぶ》って直立不動に静止していた。

乾涸蔵の屋根の上の巴《ともえ》煙突から沢山の白煙が出ていた。屋根と窓の間の白壁に鬼灯帽子を織り込んだ施設証の鋼板が打ちつけてある。厚い硝子《ガラス》張りの丸い覗《のぞ》き窓のひとつには私たちと同じぐらいの中年の夫婦がとりついて、じっと中の様子を窺《うかが》っていた。覗き窓は大小六箇所あって、微妙に高さを変えてある。

私は気持の底を押さえて、そのうちのひとつに取りついた。浪江はそこから三つほど先の一番低い窓に顔をへばりつかせる。

乾涸蔵の中はいつも赤暗く、目が慣れるまでの数分は、中の様子が殆どわからない。中が赤暗いのは管目《かんもく》電球が赤いからで、常に噴出している高温蒸気の流れがさらに照度を落しているようだった。

　やがて私の目に、中の人間が見えてきた。すでに最下段の観念台に仰向けに倒れている三人は死んでいるようだった。そのすぐ右端に蹲《うずくま》っている男は顔のかんじでいうとまだ二十代の前半といったところだが、体表の殆どが熱気疲弊ですでに漏斗死紋が出ており、体水分も七割ぐらいになっているようだった。まだ辛うじて肩のあたりの上下動で呼吸があるのはわかるが、それもせいぜいあと数十分というところだろう。

　我々よりも先に中を覗いていた夫婦連れの前にまだ元気のいい若者が座っており、裸の全身からおびただしい汗を吹き出させていた。青年は時おり両腕で顔から吹き出てくる汗を拭い、さらに指先で目のまわりの汗を払っては苦しそうに口を開閉させていた。口を開けても入ってくるのは熱気だけなので、かえって苦しくなるのだろうが、辛《つら》くてついついそうしてしまうのだろう。その青年は前方の丸窓から覗いている夫婦の息子のようだった。時おり青年はもう帰ってくれ、とでもいうように右手を小さく振っていた。

　公園から出たすぐ前の戦勝記念塔のそばにつる枝葉が濃密に入りくんだ念珠葛《かずら》の木が三叉《さんさ》捩《ね》じりに生えていて、たいていその複雑に垂れ下ったつる枝の下に知り玉がいくつか隠れていて通る人を待っている。足早に行こうとする私たちのすぐうしろに早速そのうちの一個が降りてきた。知り玉は全体がひとつの眼球に似ていた。球体の左右と後ろに高速の羽搏翼《はばたき》が付いていて、そいつが空気をふるわせてぶんぶんとかん高い音をたてている。

「どうだったが。くっがくっが」

知り玉が言った。太った男が喉の奥をごろごろ言わせて喋《しゃべ》るような息苦しい声だ。発声装置のどこかが壊れているらしく、余分な語尾がくっついてきて随分煩わしい。

「みてきたんだろうが。くっがくっが」

知り玉は正面の眼球を動かし、同時にフーゼル油の臭いをそのあたりにしゅうしゅうふりまいた。私は息をとめ、その臭いから早く逃れようとさらに足を早めた。

「あの中で見つけたんだろうが。くっがくっが。そうなんだろうが。市民の皆さん。くっがくっが」

振りかえる浪江の頭の上にも別の知り玉が取りついて、わずかに上下動しながらホバリングの状態を保っていた。

「なにもしらん。かまわないでくれ」

私は早口で言った。

「知っているからな。見ているからな。くっがくっが」

気色の悪い掠《かす》れ声でそいつはなおも私の頭のまわりにまとわりつき、私と同じ速度で移動した。

走って逃れたかったが走っても同じようについてくるから、そいつが興味をなくすまで我慢しなければならなかった。私から数メートル後を歩いてくる浪江に取りついた知り玉は小さく回転しながらやはり同じようにしきりに何事か喋り続けている。手で振り払いたいが、知り玉の眼《め》は降下してきた時すでに、私と浪江の認証札の番号を読みとっているから、乱暴なことはできなかった。

「トーノタダオを知っているだろうが。くっがくっが」

私の頭の上でそいつは喋り続けた。

「知っているだろうが」

「知らんよ」

「くっがくっが」

知り玉は嘲けるように笑い、同じことを繰りかえした。それから扁平台《へんぺいだい》住宅入口のところまで、二つの知り玉はくっついてきた。

自宅に戻ると、私は手を洗い、背中を伸ばして丸め、小さな屈伸運動をした。外出はやはり疲労のほうが多い。

浪江は二階の物干し場へ行って洗濯物をとり込み、私は庭に出て一向に花を咲かせない比丘尼蘭《びくにらん》に手回し式の捻転如雨露《ねんてんじょうろ》で丁寧に水をやった。

それから居間に戻ってお茶がわりのハッカ水をつくり、テレビのスイッチを入れた。縫いぐるみを着た頭でっかちの動物たちがスタジオの中で跳ね回り、号令者が突発的に出すお話の即興芝居を競争で演じる、という番組をやっていた。夕方はいつもこの番組で、このところの勝ち組はデブの縞馬《しまうま》とインパラのてんけんブラザーズだった。どうしてこのチームをてんけんブラザーズというのか、ときおり見ている割にはまだ正確に理解していなかった。

画面ではいましがた対抗戦で二回戦を勝ったらしい白雪姫がねばつくような幼児言葉で「勝ってうれしい」と話していた。洗濯物をたたみ終った浪江が居間に入ってきたところでテレビはニュースになった。中途半端な時間だが、生中継のいまのスタジオバラエティが予定より早く終ってしまったのだろう。

「四時四十七分のニュースです」と、熊顔の男が言った。アナウンサーらしく、無理やり感情をとり除いて喋っている。

「今日二時頃、四方湾《よもわん》に古式怪獣滑騙《ぬめりだまし》が現れ、附近を航行中の船舶など五隻を破壊、沈没させました。そのうち破壊された二隻は滑騙の口から発射される火焔《かえん》攻撃によって炎上したもので、乗り組み員の大半は死亡した模様です」

画面では全身緑青色にぬめって光る鱗《うろこ》で覆われた巨大な生き物が、遠浅の四方湾沖合と思われるあたりで両手を振り回し、もの凄《すご》い水しぶきをあげながらゆっくり動いていた。時おり貔貅《ひきゆう》に似たその獰猛《どうもう》な顔をあげ、口をあけて細く長くぎらついている牙をそっくり見せる。音は聞こえないが、おそらく咆哮《ほうこう》しているのだろう。

「またきているんですね」

浪江が水差しのハッカ水を私の茶碗に注《つ》ぎ足しながら言った。

「あれは先月きた奴《やつ》じゃないよ。もう少し小さなやつだ」

私は滑騙のいくつかを目で区別することができた。こいつも千手猿のように目に細い血筋が走っていて、ハイビームカメラでとらえた映像だとその濃淡である程度個体の区別ができる。

画像は変って農園の風景になった。

「次のニュースです。生産拡大の続いている第三整備地区の困憊《こんぱい》農場では膀胱瓜《ぼうこううり》の出荷がはじまりました。今日も午前十時から青年狩獲隊が参加して明るい唄声の中、元気よく収穫作業をはじめました。今年の膀胱瓜は例年より果汁が甘く大きさも揃《そろ》っていて大豊作ということです」

「出回るのはあさってぐらいでしょうかね」

体の動きを止め、画面に見入っていた浪江が言った。

「さあてね」

私は収穫情報に興味をなくし、さっきコンビニで買ってきた新聞を眺めていた。一面のニュースは片手で振り回して好きな音楽をつくることができる演奏ワームの新しい使い方が研究された、という情報だった。他にはたいした記事はなく、十六頁《ページ》もあるがいつものようにテレビ欄と発明欄が一頁ずつ埋まっているだけで、あとは何も印刷していない白頁だった。わざわざ買う程のこともないが、ひょっとして大きな記事が出ているかもしれないとつい考えてしまうのだ。一面に載っている演奏ワームの写真はモノクロだが、まだら模様で、これもおそらく三色のねじりデザインになっているのだろう、と私は頭の隅で考えていた。

テレビはニュースを終えて、「どんとらん」というたあいのないゲーム番組になっていた。ハイブリッド・コントロールを施されたラブラドール犬が椅子に座って手話で話をしていた。字幕がゆっくり横に流れている。（ここんところとにかくアタマにきたことはですね……）。犬はまっすぐこっちをむいてそう言っていた。

浪江は夕食の仕度をするために台所に行ったようだった。私はテレビを消し、二階に上った。物干し場に通じる引き戸があけっぱなしになっていた。さっき浪江が洗濯物をとりこむときに閉めるのを忘れてしまったのだろう。冬の黄昏時《たそがれどき》は時間が進むのが早い。冷たい風が入りこみ、外はもう薄闇になっていた。

銀天公社《ぎんてんこうしゃ》の偽月《にせづき》があがっていた。偽月はわざと輪郭をいびつに作ってある。理由はよくわからない。この月があげられた頃、空白の多い十六頁の新聞にその理由が書かれているのを読んだような記憶があったが、その内容はもう忘れてしまった。どっちみちたいしたことではないのだ、と私は億劫《おっくう》な気分で考えていた。

夕食のテーブルの上にはプディングの入った大鉢が真ん中にあった。市場にはいま卵がふんだんにあるらしい。おそらくそれはナッケイトッケイという超多卵性の復腹金鶏がいちどきに数百個の卵を生むようになったからだ。

（しかしそれも迷惑なことだ）と私は思った。メレンゲのオーブン焼きにマーマレードを塗りつけたものが出てきた。それを甘卵のバター茶で食べて下さい、と浪江は言うのだ。

食後に少し散歩することにした。本は読みつくしし、テレビも見る気はしなかったからだ。商店街の方へ出ていかなければ疲れることはないだろうと思った。

家の回りは静まりかえり、空気は闇の中で動きを止めていた。辻《つじ》待ちの鬼灯帽子を被った監視員が目ざとく私を見つけ、長いコートを揺らしながらゆっくり近づいてきた。

「散歩ですか？」

監視員はくぐもった声で言った。

「ええ」

「特に問題はないですね」

「ええ」

私は言った。そいつは初めて見る監視員だったが性悪ではなさそうだった。監視員は私の顔を見つめ「もしよろしかったら」と言って片手で自分のコートを半分だけひろげた。コートの内側に細折りの護符がいくつも並べてくくりつけられているのが見えた。

「いや、折角ですが……」

私は言った。監視員は残念そうにコートを閉じ、片手で素早くいくつかのボタンをとめた。

通りのむこうに人影が見え、監視員は私から離れ、私はまた歩きはじめた。なだらかな坂道を登るようになっていた。舗装された道路に私の足音が響き、坂からおりてくる人の足音と重なった。

ヘルメットをかぶった男だった。残存静止衛星からの電波を捜して歩いている広域降臨電信コレクターなのだろう、と見当をつけた。どこかとの二方向通信ができているところらしく、男はヘルメットの中で熱心に何事か喋っており、私と擦れちがったのも気がつかないようだった。しばらくして振りかえると、さっきの曲がり角のところで監視員の黒コートが近寄っていくところだった。ヘルメットの男は同じスピードで通りすぎ、監視員は護符をまた売りそこなったようだ。

植込みの暗がりで強強《つよつよ》の啼く声が聞こえた。風がすっかり止《や》んでいるので、強強の尖《とが》った声がいつもより澄きとおって聞こえる。気温がどんどん下っていき、銀天公社の人工月はさっきよりもさらにまた少し上空にあがってきたようであった。

家に戻ると、浪江は夕食を片づけた後のテーブルに、夕刻、町で買ってきた暗記帖を広げ、熱心に古いノートから書き移しらしい仕事をしていた。

「何か見かけましたか？」

ノートに顔を伏せたまま浪江は聞いた。

「強強が啼いていた。外は冷えてきているよ」

「そうですか。お風呂がちょうどいい頃ですよ」

浪江がこたえた。

浴室に行って湯加減を見ようと風呂の蓋をあけた時、ちょうどその日の緊迫時間が解けた。あたりの空気が緩み、風が少し吹きはじめた。私は大きいため息をひとつして「まあ、しかし」と、自分でもあまり意味のわからない一人言を呟《つぶや》いた。毎日のことで慣れているので、体感的にはあまり大きな差は感じなかったが、でも緊迫時間の中で風呂に入るよりは、今のようにいくらか空気の弛緩《しかん》した時にゆっくり気持をほぐし、あつい湯に身を委ねる、というのは嬉《うれ》しいことだった。

風呂から出て部屋着を羽織り、三十分ほどどうということのない時間を過ごしていると、突然台所から浪江が小走りにやってきた。

「あなた！」

低く押し殺したふるえ声で言った。浪江のうしろから数人の男が続いて部屋に入ってきた。みんな緑と茶がまだら模様になった迷彩服を着ている。男ばかり七人、黒光りしていかにも重そうな武器を携えていた。先頭の男は雅弘《まさひろ》だった。顔に黒い顔料のようなものを塗って目だけ鋭く光らせていたが、彼は間違いなく私たちの長男だった。

他の六人は息子の仲間たちなのだろう。皆同じくらいの歳恰好だ。浪江が大きな男たちの間をおろおろ動き回っている。雅弘の行方がわからなくなってもう二年になるだろうか。久しぶりに会う息子の前で、何を話すべきか、咄嗟《とっさ》には思い浮かばず、私は黙って若者たちを眺めていた。

息子は死なずにいてくれたが、このようなゲリラ活動をしているのだったらその命もいつまで保《も》つのかわからない。若者たちは皆闘いを挑み、そして未《いま》だに彼らの言う革命は成功していない。おそらく今夜、緊迫時間が解けるのを待って、息子は私たちに別れを告げにきたのだろう。この若者たちは間もなく攻撃に出ていくのだ。失敗して捕えられれば公園の乾涸蔵に見せしめに晒《さら》され、蒸気で殺される。

「必ずやかれのもとに迫ります」

雅弘が力のこもった声で言った。

「慎重にやってほしい。玉砕というのはつまらないよ」

私は注意して言葉を選びながら言った。雅弘の隣に座っている青年が綺麗《きれい》に澄んだ目で私を見つめ、それから深く頷《うなず》いた。

「みなさん、おなかはすいていませんか」

浪江が漸《ようや》く大事な用件を思いだしたとでもいうように、唐突に大きな声をだした。雅弘が優しい目で僅かに首を横に振り、他の青年たちは静かに座ったままだった。

「あともう十数分で月の照度が変ります」

眼鏡《めがね》をかけ、尖った顎の知的そうな顔をした青年が自分の腕時計を眺め、低い声で言った。

その時、別の青年が険しい顔をして立ちあがった。その青年だけ背嚢《はいのう》とは別に腰に四角い厚革に包まれた機械装置のようなものを括《くく》りつけている。

「徹棖《てつこん》感知。四四六方向！」

青年は鋭い声で言った。全員が立ちあがった。機械装置を持った青年は「失礼」と叫んで隣の部屋に続く引き戸を開いた。そこは浪江の寝室だった。青年は部屋に踏み込み、確信にみちた動作で突き当りの押し入れの戸をあけた。

知り玉がひとつ、唐突に飛び出してきた。狭い部屋の中に慌てて飛び出したものだから、すぐに天井にぶつかって失速した。羽音が高回転になり、フーゼル油の咳《せ》きこむような臭いが部屋中にひろがった。背後に回っていた青年の一人が銃把《じゅうは》で知り玉の後部を叩いた。激しい音をたてて知り玉の翼が壁を叩き、今度は完全に飛翔力を失ってさっき敷いたばかりの浪江の布団の上に墜《お》ちた。

知り玉を叩いた青年がさらに銃把で羽根を叩きそれを破壊した。

「何をするんだ、おまえは。おまえはトーノタダオだな。くっがくっが」

知り玉はさっきと同じいやらしい掠れ声でわめいた。

「こんなことをしたら、ただではすまないぞトーノタダオたちよ、くっがくっがくっが」

そうわめいている知り玉の目が恐怖に赤く濁っていた。青年はその目玉の真ん中を狙ってさらに力を込め、銃把を叩きつけた。玉は中央のところで二つに裂け、複雑に仕組まれている内容物が汚い臓物のようにはじけ出た。

夕方、浪江が洗濯物をとり込むとき開け放しにしていたところから入ってきたのだろう、と私は理解した。おそらく私たちの散歩の帰りにあのままくっついてきたのだ。それにしてもこのように知り玉を破壊するとえらいことになる。

「大丈夫。これは私たちがよそへ持っていって誰にもわからないように埋めてしまう。今の混乱した数秒間ではやつはとても状況を知らせることはできなかったでしょう。ですから、さきほどのことは絶対にわかりません」

厚革の機械装置を持った男が自信に満ちた声で言った。

「我々はもう出発したほうがいい」

時計を見ていた顎の尖った青年が固い声で言った。雅弘が私に右手を差しだして握手を促し、次に母親の浪江の背に両手を回し、静かに抱きしめた。

七人の男は金具のついた靴音を響かせて闇の中に出ていった。私は辻に立っている監視員のことが気になった。監視員は当然あの武装攻撃隊に気づいているだろう。しかしその前に、雅弘たちの手によって、あの監視員は片づけられてしまっている可能性もあった。入口の鍵をしめて部屋の中に戻ると、どうやら私のその推測があたっているらしいとわかった。いましがた彼らの立っていた部屋の隅に、まさしくあの監視員がコートをまくって見せた細折りの護符がひとつ転がっていた。

夜が更けていった。風は夜半に更に強くなり、家の北側の板戸やトタンで葺《ふ》いた屋根を煽《あお》り、からからと不穏な音をたてた。私と浪江は居間の天牛《かみきり》椅子に腰をおろし、黙って外の風の音を聞いていた。私は銀天公社の少し赤味のまじる人工月の光の下をかけていく七人の武装隊の姿を思い浮かべ、秘《ひそ》かに胸をあつくした。彼らがどこまで無事に目的の中心部に突入していけるのか、私には予測もつかなかった。守備隊の防衛戦闘力がどのくらいなのか、ということも私は知らなかった。守備隊兵士が万治郎用水を流れるつくりもののギザ魚のようにその体の内側がするべ肉のくねくね機構でつくられているのだったら、彼らが突破するのも容易だろうに、と私は息のつまるような思いでさまざまに考えた。

傍らでじっと静かに背中を丸めていた妻の浪江がいつの間にか睡《ねむ》っていた。簡易掻巻《かいまき》で腰のあたりをくるみ、少し首を斜めに傾けたまま静かな寝息をたてていた。

私は浪江を抱きかかえ、隣の部屋の夜具の中にそっと運んだ。私も歳をとり、随分力がなくなってきたが、その分浪江の体も軽くなったのだろう。浪江の顔が私の腕の外へのけぞり、蛙顔《かえるがお》の顎が上をむく。

浪江の体に布団を掛けて、私はそのついでに便所へ行った。便所の窓のむこうで風が渦をまき闇の中を突っ走っていくのがわかる。手洗い場の壁の鏡に私の顔がうつっている。妻と同じ蛙の顔だ。皺《しわ》の多い蛙の顔だ。

海月《くらげ》狩《が》り

比丘尼《びくに》自治区に行くと仕事はいくらでもあると聞いたので灰汁《あく》は三日間、難破《なんぱ》高地の黄土地帯を歩き続けた。比丘尼の町は大きくカールした断崖岩盤地帯の上にあって、そのむこうは緑の海だ。

自治区の役人は丸テーブルの上でかちゃかちゃ骨牌《こっぱい》をかきまぜながら狡《ずる》そうな眼《め》で時おり灰汁の顔を覗《のぞ》きこみ、灰汁がここまで来る間に通った町の話をくわしく聞こうとした。

「黙礼のあたりを通ったなら貝子煙草《になたばこ》を手に入れただろう。あのあたりはまだ貝子買商人らが寄っていくというからな」

役所の建物は紙パルプと積乱岩を加圧合成した簡易堅牢《けんろう》づくりの大型移動ボックスで、海から吹きつける時おりの強い風に家全体がざわざわ揺れている。灰汁が、

「黙礼を通過したのは夜で、しかも自分はあまり煙草をやらないから——」

ということを説明すると、役人は少し苛《いら》ついたそぶりでがしゃがしゃとまた骨牌をかき回した。

そうやっていくら聞いても灰汁から賄賂《わいろ》として何も取りあげることができそうにもな

いことがわかると、座っていた胴馬椅子を大きくのけぞらせてうしろの壁の貼り紙を指さし「明日の九時出発」と、つまらなそうに言った。壁の貼り紙には《草連船乗組員募集》と書いてあった。灰汁が「それは何と読むのですか？」と好奇心に満ちた声で聞くと、役人は丸テーブルの傍らにあった伝用紙を取って全体をくしくし左右に動かしながら洟《はな》をかみ、再びそいつをひろげて「ぺえっ」と黄色い痰《たん》を吐いた。それから急にしわがれた声になって壁の紙を眺め、「くされぶねだろが」

と、面倒くさそうに言った。

その夜灰汁は町のはずれにあるガーラ船の荷揚げ倉庫の隅で睡《ねむ》った。そのあたりはトビナキやフクレウサギの追い込み猟に使うほそい網がいくつか干されているぐらいで、港は夜目ながらすっかりさびれているように見えた。灰汁は横だおしになったガーラ船の船尾にもぐりこみ、フクレウサギの血の臭いのするシートにくるまって睡った。

さびれていると思ったが、朝になると港にはそれぞれ仕事の人々がやってくるようで、灰汁は幾人かの人々の声で目を覚ました。

ガーラ船から這《は》い出していくと、ちょうど海の縁《へり》から太陽が出てくるところで、その方向から強い風が吹きつけていた。このあたりは常に強い風が吹いていると聞いていたが、昼の間陸から海へ向って吹いていた風はちょうどこの夜明けの時間あたりで風のその方向をそっくり反対側に変えるようだった。

昇ってくる太陽で、海は黄金色に輝き激しく波打っていた。

九時になったので役所に行くと、すでに数人の男が集《あつま》っていた。そのまん中に獣肝オイルの臭いを四方に発散させている蓬髪《ほうはつ》の大男が何やら大声でわめきながら、せかせかと動き回っていた。男は興奮し、時おり役所の入口の扉をコプラ長靴で蹴り上げたりしたが、中には役人が居るのか居ないのか、鍵のかかった役所の入口からは誰も出てこなかった。

何だか訳がわからないので、灰汁はそこから少し離れたところにある壊れた波動看板の陰で様子を見ていると、やがて男たちは髭《ひげ》の大男を先頭にしてさらにいきりたち、みんなして町の方向に歩いていった。その一群についていくべきか、どうしたものか迷い、決断がつかないまま呆然《ぼうぜん》としていると、ふいに役所の入口のドアがあいてゆうべの役人が顔を出した。役人のうしろに二人の男が続き、用心深くあたりの様子を窺《うかが》いながら箇易階段を降りてきた。つられるようにして灰汁も看板の陰からとび出していくと、役人を含む三人はびっくりして立ち止まった。しかし現われてきたのが灰汁であるとわかると、役人は手で鼻のあたりをごしごしこすり「おどかすんじゃねえ」とがさついた声で言った。

役人のうしろから出てきたのは五十歳ぐらいの痩せて背の高い海鼠《なまこ》ガッパを着た男と、それと対照的に太って背の低いコーラン刈りをした男で、歳《とし》は灰汁と同じくらいの二十《はたち》そこそこといったかんじだった。コーラン刈りの男は背中に重そうな鞘《さや》付きの草臥《くたびれ》刀を背負っていた。

「丁度いい。おれたちのあとに付いてきな。運のいい野郎だよ」

役人は灰汁の顔もあまり見ずにそう言うと、腰をかがめるようにして、さっきの男たちの集団が行ったのとは逆の方向へ先に立って歩きだした。

役人はたしかにその町の官吏らしく、まるで人の気配のない家や、もう殆《ほとん》ど腐った葛玉《かずらだま》が沢山転がっている刈草置場の間のくねくねした小路《こみち》などを素早く通り抜け、間もなく小さな桟橋のある岸に三人を連れていった。そこもかつては狩猟港として使われていたようで、桟橋の周囲には苧殻花《おがらばな》によく似た大きなラッパの型をした仕掛け網の残骸がいくつもころがっていた。

桟橋の付け根付近にある木造の小屋を回りこむと、そのむこうに巨大な三角翼をもった筒翼竜《がりゅう》のようなものが太い捻練綱《ねんれんこう》で桟橋の杭《くい》につながれていた。そいつは生きているように沖から吹きつける風にぶるぶる全身をふるわせていた。

翼の先端や、胴体のまわりをとりまいているスカートのような鰓舷《むずかよ》がうねうね激しく脈うっていて、そのあたりからしきりにぼうぼうと巨大な生き物が呼吸するような音も聞こえていた。

灰汁をまん中にして三人の男があきらかにたじろいでいるのを見て、役人はまた鼻のあたりを片手でつかんでしゅわしゅわこすり、同時に左右に顔を振りながら「何をしてやがる、早く乗らねえか」と苛ついた声で言った。

翼を持った筒翼竜のように見えたものは、この草の海を走り回っている狩猟船で、これこそが役所の壁に貼ってあったポスターの《草連船《そうれんせん》》のようであった。

役人がやってきたのを知って草連船から男が二人出てきた。灰汁が最初見て筒翼竜の胴体かと思った翼の上の茶色い円筒状のものは船のキャビンで、同じ色に塗ってあるハッチは丸型につくられていた。だからハッチが開くと窓がなくて筒翼竜のように見える胴体がいきなりこれは人間のつくったものだ、とわかるしくみになっている。

ハッチから出てきた男は赤茶と緑が複雑にまじった迷彩戦闘服のようなものを着て黒縁の発光ゴーグルをつけていた。その男が船長らしく、ゴーグルを取ると五十年配の皺《しわ》に刻まれた鋭い顔があらわれた。防光性のコンタクトレンズを入れているらしく目が銀色に光っている。

「ぐずぐずするなと言ったろう。早くしねえと肩巾《ひれ》の風になっちまう。そうしたら船は出せねえんだぞ」銀眼の船長は厳しい声で言った。

「わかってたんだが役所を出るとき少し騒動が起ってな！」

役人はどぎまぎした声で言い、片手でまた鼻のあたりをこすりまわした。

「その三人か。誓約書はとってあるんだろうな」船長の隣に立っているおそろしく腕の太い坊主頭の男が掠《かす》れ声で言った。男はなぜか眉が三本あった。

「ああ」

　役人はまたどぎまぎした声で答え、青い官吏服の胸のあたりを片手で叩《たた》いてみせた。

　とにかく出航を急ぐというので、灰汁たち三人はそのまま丸型のハッチに押しこまれるようにして、薄暗い船室の中に入れられた。船室の中は玄華《げんげ》油の臭いが充満しており、風媒エンジンのひゅうひゅう唸《うな》る音でやかましかった。灰汁たちが所在なく狭い船室の中をうろついたり、騒々しい周りの音に気持を呆然とさせていると、ふいに船そのものが大きく傾き、後尾の方に沈みはじめた。後部機関室のあたりできしきしいっているのはプーリーだけが空回転している音のようだった。ニュートラル状態になっていたらしい風媒エンジンの駆動装置が嚙《か》みあったらしく、やがてがくんと船体がふるえると、それらの駆動システムがしっかり動きだす音がした。エンジンが回転数をあげると船はまたゆっくり浮上し、前進しはじめた。

「あの野郎えらそうにあんなこと言っていたけれど、もう少しでやつらに袋叩きに合うところだったがよ」

　コーラン刈りの男が灰汁と海鼠ガッパを着た男の顔とを交互に見て、わめくような声で言った。コーラン刈りの男が野郎と言っているのが役人のことだとわかるまで灰汁は少し時間がかかった。

「役所に来た者みんなから金と賄賂を取ったんだな、今朝あれだけ大勢いちどきに来られたんであとは逃げの一手なんだ」海鼠ガッパの男がエンジンに負けないよう無理に高い声を出して言った。

「おれらは早くきたんでうまくいったがな」

「おめえは遅くきてうまくいったな」

海鼠ガッパの男が灰汁を見ながら言った。

船室の中のドアがいきなり開いてさっき銀眼船長の隣にいた坊主頭の男が入ってきた。近くでよく見ると眉が三本あるように見えたのは実は額に大きな傷があったからで、それが眉のように見えていたのだった。それは相当な古傷のようで肉が内側から大きく盛りあがり、ちょっとした庇《ひさし》のようになっていた。

「おまえらこのクラゲ船に乗るのははじめてだな」

三本眉はきしきしとひどく掠れた声で言った。

灰汁たちが頷《うなず》くのを待たずに、三本眉は喋《しゃべ》り続けた。

「おれは按針長《あんじんちょう》（航海士）だ。ついでにクラゲ捕りの猟長もやっている。これからおまえらにクラゲの捕り方をおしえるからな。さあ外に出ろ」

見わたすかぎり一面に広がる蒼々《そうそう》の緑野というものを灰汁は生まれてはじめて目のあたりにした。広く蒼《あお》い緑の海はいたるところで大きく波うち、朝方の鋭い陽光の下で時おり表面の草が風に割れて長い裂目の中に朱赤の条痕を走らせては右に左にうねっていた。

草連船は船尾から吹き出る噴射熱風によっていくらか前傾姿勢をとり、緑の波の上に広げた翼を力強く羽ばたかせながら、素晴しい速さで草の海を突っ走っていた。

船はいまや海を行く筒翼竜そのものだった。船室の外に張りめぐらせてあるワイヤーでしっかり体を確保しながら、灰汁と海鼠ガッパとコーラン刈りは三本眉のあとに続き必死の思いで船首方向に進んだ。

「いいか飛ばされたら樹草海の底だ。命はねえぞ」

三本眉は吹きつける風の中で大声をあげた。

船首から扇角状に突き出た五本の検索槍《やり》から左右の翼のいくつかの支点にワイヤーが張りめぐらせてあって、それが翼上を歩くときの唯一の体の支えになった。けれど足の下の翼はたえず上下に激しく揺れ動き、その上を歩く足もとはまったく心許《こころもと》なかった。

三本眉は灰汁たちが翼の上を自在に歩けるまで何度もくりかえし練習させた。ワイヤーは一定間隔で張りめぐらせてあるので、足の下の絶えず上下に動いているバランスの悪ささえ慣れてしまえば、ワイヤーから両手をはなして動き回ることもそれほど難しいことではなくなった。

「よしなかなかいいぞ。お前らはこの前の甲板員より慣れるのが早い」

灰汁は三本眉がはじめて少し笑うのを見た。笑うといくつもある眉がひきつれて奇妙に泣いているような顔になった。

初歩の訓練が終ると船室に戻って食事になった。今まで気がつかなかったのだが最後部のエンジンルームの前に厨房《ちゆうぼう》兼食堂用の船室があって、そこにもう一人にひにひ低い声で笑うだけで殆ど何も喋らない炊事雑用係の爺《じい》さんがいた。

薄気味が悪い老人だったが、掌麦粉《しようばくこ》でつくったパンやフクレウサギの肉から挽《ひ》いたソーセージなど中々うまい味の料理をつくっていた。

昼食のあとはいよいよマクリ網の射出訓練に入った。網は船首のまん中から大昔の大砲のように突き出した射出機の中に入っていて、狙いをつけて発射するのは船長か三本眉が行なう。灰汁たち甲板員は網が獲物をとらえ、船尾を回って後方に引きずる恰好《かつこう》になったとき、それを回収するのが第一の作業だった。

「猟はできるだけ底の深い蓬草《ほうそう》群帯でやることにしている。底まで草だけの場所ということだ。だけど相手も生き物だから追いまくられるとかならず樹林帯に逃げていく。そうなると網が引っかかってどうにも始末に負えなくなるからそのときは一刻も早く網を引きあげるんだ。いいな。それがまず一番大事なことだ」

三本眉は灰汁たちの動作がしだいに機敏になってくると、さらにこまかい注文を並べていったが、喋る口調はだんだんおだやかなものになっていった。

初日の訓練は獲物の入っていると想定したマクリ網を引き揚げ、三本眉のいうクラゲをそこから出して船体腹部にある船倉にそれを収容すること。そしてマクリ網を再び砲弾状に丸めて射出機の装塡カプセルに入れることだった。その船には網の収まったカプセルは全部で四つあった。そしてそこまでの一連の作業がこの船の砲塔狩猟作業のすべてでもあった。

猟場をめざして船は夜中走り続けた。

次の日は朝から早くも「獲物発見」の蛮声が操舵室《そうだしつ》の伝声ラッパ管から響いてきた。灰汁たちは慌てておき、靴を履いて船室の外に出た。すでに夜明けの鋭い斜光がざわめく草の海をとらえ、深い陰影の中で踊っていた。

船はゆったりしたカーブを描き、一定の場所をめぐってゆっくり大きく回転しているようだった。斜め正面からの風を受けてぶわぶわと巨大な翼がたわんで激しく揺れていた。半分のピッチに落とした風媒エンジンの音が灰汁には獲物を狙う巨大動物の低い威《い》嚇《かく》の唸り声のように聞こえた。

灰汁は揺れてふるえる翼の上に立ち、ワイヤーを握りしめて、船が狙っている獲物のあたりに目を凝らした。しかし灰汁の目は早朝の低く吹き流れる風の中でわらわらと楽しげに身を踊らせている栄毛多年草《えもたらそう》の雄大な密集草原の風踊波《くらり》しか見えなかった。これらの草は互いに茎や蔓《つる》を複雑にからませあって二十メートルから三十メートルの高さまで伸びて、さらにその成長深度を増やそうとしているのだった。

ふいに船首のあたりで「ばすん！」と重い音がはじけ、白い煙が吹きあがった。白煙はすぐに風に吹き流されてしまったが、その数秒後、船首から数百メートル前方でおびただしい数量の草が緑色をした巨大な煙幕のようにふくれあがり、それは右や左に激しくはじけて跳ね回った。同時に船もその方向にぎくしゃくと引きずられ、翼だけでなく船体そのものが膨張と収縮を繰りかえすようにして大きく震動した。

灰汁たちの握っているワイヤーが踊るようにたわんで伸び、また瞬時のうちに張りつめる、ということを繰り返した。灰汁たちが必死に体のバランスをとろうとしていると、船はいきなり船首を右に振り、さらに草海の中に大きく首を突っ込んだ。

灰汁の目の前を誰か細長い男が翼の上を回転しながら横っとびにころがっていくのが見えた。そいつは船が草海に首を突っ込むのと同時に放物線を描いて船の前方十メートルぐらいの草の海の中に落ちていった。左右にめまぐるしく動き、網から逃れようとしている獲物が急角度で方向転換し、それに船が引きずられていたのだ。しかし獲物はそこで停止したわけではなかった。草海の底を走り、船の後方に回ったのだ。一瞬の停止の後、船は風媒エンジンにフルスロットルをかけて回転した。船尾から轟音《ごうおん》がはじけ、沈みかけた船は急速に浮上した。そのまま空中に飛び出していくのではないかと思えるくらいの急角度で草海の上に船艇の前方半分ほども乗り出すと、そのままの角度で突っ走りはじめた。灰汁の全身にこまかく粉砕された草が海の波濤《はとう》と同じくらいの密度で襲いかかった。さっきの男のように船からはじきとばされないように両手両足でワイヤーにしがみついているのが精一杯の状態になっていた。頭を下げ、顔を胸元まで折り曲げていないと呼吸をするのがやっとだった。やみくもな草連船の爆走はそれから二十分ほども続いた。

船がふいに減速し、叩きつける草を感じなくなった時、灰汁の見る草海の上空は緑の靄《もや》に覆われているようだった。

靄は舞いあがったおびただしい草の切れ端であるらしいということが間もなくわかった。

船は微速前進に移り、前部船室のドアがあいて顔を真っ赤にした三本眉が出てきた。

「落ちたのは誰だ」

三本眉は威嚇しているときのザクロヘビのように、そっくり口唇をまくりあげて歯をむきだし、吠《ほ》えるようにして言った。翼の上にへたりこんでいるのは灰汁とコーラン刈りの男の二人だけだったから、落ちたのは海鼠ガッパを着た年寄りであることがわかった。

「ばかやろう。何で外に出てきたんだ」

三本眉は吠え続けた。考えてみると、伝声ラッパ管から獲物発見の連絡は聞いたが、船室の外に出ろと命令された訳ではなかったのだ。

「ばかやろう。お前らが死ぬのは勝手だが、こっちは高い人集め金払ってるんだから少しは仕事してから死にやがれ」

ゴーグルをつけた船長が三本眉のうしろから出てきた。ゴーグルを額の上に押しあげ、銀色の目で空を眺め、それから船尾に長く伸びているマクリ網の引き綱のあたりを眺めた。

船尾のウインチは手動式になっているので、灰汁とコーラン刈りの男は変換ギア付きのハンドルに取りついて全身汗まみれになり長時間の捲《ま》き上げ作業をしなければならなかった。しかも獲物の草クラゲは表皮に有毒の肉芽胞子を沢山持っているので、二人はぶ厚い耐刺防脂兼用の全身用滑服《なめらスーツ》を着なければならなかった。滑服に取りつけてあるゴーグルは丸型の固定二眼タイプで、口のあたりからホースが垂れ下がり、その先端は船室の中の空気浄化装置とつながっていた。浄化空気といっても自動ピストン型の旧式なものだから、その空気にも玄華油の臭気があって、とてつもなく息苦しいものだった。丸い目玉で全身黒ずくめ、しかも口のあたりから長いホースを引きずっているという異様な姿に灰汁とコーラン刈りの二人は互いの姿を眺めあってしばらく笑っていたが、その姿で一連の獲物引き揚げ作業をはじめると、すぐに、これは大変な重労働になる、ということがわかった。

二人が引き揚げ作業をしている間、船は微速前進を続けていたが、何時《いつ》また獲物を発見するかわからないので、慣れないその作業もけっこう急いでやらねばならなかった。

悪戦苦闘の末、やがてマクリ網の中の草クラゲが船尾のクレーンによって空中に引き揚げられた。驚いたことにそいつは灰汁たちの草連船を凌《しの》ぐ大きさだった。巨大に脹《ふく》れあがったマクリ網の中で、そいつは全体の表皮を薄緑色に光らせ僅かに全身を波うたせていた。マクリ網に囚《とら》われたまま見ているかぎりではどこが頭でどっちが尾なのかわからない。全身薄緑色のぶよぶよした巨塊で、これがどうしてあんなふうに草連船を引きずり回すほどの凄《すさま》じいエネルギーを持っているのかまったく見当がつかなかった。

灰汁とコーラン刈りは伝声管を通して聞こえてくる三本眉の指示に従って、まず最初に船体の屋根に括《くく》りつけられていた長いポール状の螺旋《ねじり》槍でマクリ網ごしに草クラゲの中央部を突き刺した。「とにかくまん中を狙え。黙ってまん中をくじり刺せばそれでいいんだ」という三本眉の指示のとおり灰汁は落ち着いてポールの柄を握り、力をこめて突き刺していった。草クラゲの外皮はいくらか抵抗感があったが、まるで水の入ったボール状生物の外膜を突き刺したようにそのあとすぐに手応えがなくなった。しかしさらに中央部を狙って螺旋《らせん》状になったポールの切先を突き通していくと、再び何かざくりとした抵抗感があって、それをポールの先端にある槍刃部分が深く何かつらぬいたのがわかった。伝声管にむかってその感触を知らせると、三本眉は「よおしそれでいい」と満足した声で言った。

その巨大な獲物をマクリ網からどのようにして引っぱり出すのか、灰汁は見当もつかなかったのだが、指示された通りにやると、その作業も割合簡単だった。どうもさっきの螺旋槍の一撃でこの生物はあっけなく完全に死んでしまったらしく、さっきまで薄緑色に見えた表皮は何時の間にか枯葉のように光沢のない表皮に変っていた。三本眉はコーラン刈りに背中の草臥刀で網の先にいくらかはみ出している草クラゲの先端部分を切り裂くように命じた。コーラン刈りは勇んで網の先端に取りつき、命じられるとおりの仕事をした。

それがすむと手動式クレーンのアームをさらに伸ばし、網と獲物をもっと空中高く上げていった。次にクレーンを回転させ、網の入口を翼の上に持ってくると、網の入口にある小さなギザギザ状のフックを草クラゲの切り裂いた口にひとつひとつ食いこませていく作業になった。三本眉の指示は的確できびきびしているので、灰汁たちも俊敏に働いた。

それがすむとクレーンのアームをさらに高く引き揚げる作業に移る。アームは草連船の倍ぐらいの長さにまで伸び、同時にマクリ網の出口にくくりつけられた草クラゲが裂けた口から大きく内側に捲《まく》れあがっていった。草クラゲの内側は白く、ぬめぬめした光沢がひろがっていた。半分ほど捲れあがったところで、草クラゲの内側から緑色の大きな塊が落ちてきた。「そいつを船倉に！」三本眉が鋭い声で言った。緑色の塊はこの巨大生物の内臓のようだった。人間一人分ほどの重さがあり、のたっとしてとらえどころのない重量感があった。

獲物の入った船倉のハッチを閉め、クレーンを再び船尾の側に回してマクリ網の先にそっくり裏がえしになってぶらさがっている草クラゲの残骸を切り捨て、一連の作業は終了した。

防護の滑服を脱いで船室にへたりこんだ全身汗まみれの二人は、そのまま暫《しばら》く動くことができなかった。

船はまたスピードを上げて走りはじめた。三本眉が伝声管から掠れた声で「まあざっとこんな段どりだ。慣れたらもっと楽になるからな」とまた少し笑いながら言った。伝声管から三本眉の声がしたとき、灰汁はまた新しい獲物が見つかったのか、と一瞬絶望的な気分になったが、とりあえず三本眉の声を聞いているだけでそのままへたりこんでいられるということがわかるとこの上なく幸せであるように思った。

そのままでいると睡りこんでしまうかもしれない――と心地のよい不安に思考をふらつかせていると、船室後部のドアがあいて料理人の爺さんが顔を出した。黄色い目をして「めし」と言った。この爺さんは喋ることができるのだ、ということにその時はじめて気がついた。

コーラン刈りの男はすでに睡っていた。揺り動かし「おい、また獲物だ！」と灰汁は嘘《うそ》を言った。コーラン刈りは体をぴくりとさせて俯《うつぶ》せになり、それから弱々しい動物のように横向きに身を丸めた。灰汁は爺さんと顔を見合わせ声をひそめて笑い、もう一度力をこめて男を揺り起した。

夕方の料理はでいご豆のスープに小さな草鳥を骨ごと油で炒《いた》めたものだった。激しい労働のあとだったのでどれも口や喉が勝手にくらいついていく程のうまさだった。

調理場の壁に吊《つ》りさがった網にまだ羽根の毟《むし》ってない目を見張るほどあざやかに赤い羽根の鳥が沢山入っているのが見えた。灰汁たちが食べているのがその鳥のようだった。

灰汁たちが解体した草クラゲの死体を追ってその鳥が沢山集ってきたのを爺さんが脹《フー》幕網《センあみ》で獲《と》ったらしい、ということが爺さんの単語だけ並べる会話でわかってきた。

「さっき捕ったあのでっかいクラゲの肉はそこそこ高く売れるのかね」

コーラン刈りが声を低めてそう聞くと、爺さんは黙ってまた「にひにひ」笑い、それからもったいをつけるかんじで小さく何度も頷いた。

「この船で働いている甲板員は何人も死んでいるのかい？」

灰汁はでいご豆のちょっと酸っぱい味のスープを啜《すす》りながら、ほんの少し前まで一緒にいたのに、もうスープも啜ることもできなくなってしまった海鼠ガッパのことを思いだしてそのことを聞いた。

爺さんはその質問に「落ちる」「誰か」「きっときっと」「夜も」などという単語を少し急いで言った。

草海の中に落ちるとどうなるのか、どのみち助かることは万にひとつもないだろうけれど、海の中と違ってすぐに溺れ死んでしまうこともないだろうから、あの男はまだどこかで生きている、ということも充分考えられた。しかし、この船は絶対にあの男の捜索に行くこともないだろう、ということもわかっていた。

「そうだな、そういやこの船に乗る時、役人が言ったんだ。誓約書は書いてあるだろうなとかなんとか言っていたけれど、おれたちはそんなもの書いていねえよなあ。だけどあの野郎が死んであの野郎が役人に払った金はどーなるんだろか？」

コーラン刈りが独り言のようにして言った。

「金、役人」

爺さんが殆ど歯のない口で言った。はっきりしたことはわからなかったがどうやらあの役人は船主からの人集めの仕度金と、仕事をほしがっている男からの賄賂を同時に取っているようであった。

夕食が終ると草の海も重い錫《すず》色の夕景を迎えていた。草連船は安定した速度で走り続けているようだった。

二日目の朝、三本眉が船室に入ってきて「さあ仕事だ」といくらか苛ついた声で言った。

泥のように睡りこんでいた灰汁とコーラン刈りは無言のまま、しかし素早い動作で身仕度を整えた。またあの息苦しい滑服を着て一日中働くことを考えると頭の中が霞《かす》んで鈍痛がはしっていくような気がしたが、しかし三本眉の言っていたように、何度か数をこなしていけばそういうものにも慣れていくことができるのだろうと思った。

「ハッチから外へ出ろ」

という銀眼船長の声が伝声管から聞こえた。船は再び減速しつつあった。

外に出ると空は一面の雲が覆い、草原の色は濃い灰緑色に沈んでいた。船の進んでいく先はそれよりももっと暗くて濃い色をしており、まったく動きを止めていた。

「黒いところが樹林帯だ。木と草で出来ている島みたいなものだ。色が変っているところが草との境界線だよ」

銀眼船長が船体の外にある伝声管を使って灰汁たちに説明した。あたりはまったく風がなく、微速前進する船の風媒エンジンの音のほかはどこまでも静まりかえっているようだった。

「じき嵐がやってくる。通過性だから一日か二日でやむが、通りすぎるまで草の中に避難する」

三本眉が船倉からベルト連輪式の回転双刃らしいものを引っぱり出しながら言った。自在アームを体に取りつけそいつを両手で振り回しながら樹《き》や草を強引に切っていく。コーラン刈りはその機械をはじめて見たようだったが、灰汁はだいぶ前に樹林土砂で埋《うず》もれた蝸虫《まいまい》ドームの発掘作業のときにこのもっと小型のものを使ったことがあった。

何時の間にか船は停止しており、銀眼船長と三本眉は慣れた動作でクレーンを操りながら樹林帯の境界線に生えているもっとも強度のありそうな樹を捜していた。クレーンの先端は投擲《とうてき》型のくいつきアンカーが装備されていて、その先端は貪欲な肉食昆虫　茨《いばら》角嚙《つのかみ》のトガリバに似ていた。

灰汁たちが回転刃を体に装備している間に、くいつきアンカーが数度発射された。こうしていくつかの樹にワイヤーを巻きつけておいてから、船体の下に密集した草や蔓を灰汁とコーラン刈りの二人が回転刃で刈り切り、徐々に船体を沈めていくというやり方になっているようだった。

灰汁とコーラン刈りは、船から垂らしたワイヤーロックで体を固定しながら素早い動作で草を刈っていった。船体の左右にわかれて一番面積の広い翼の下を同時に刈り切り、次に胴体部分を刈り切っていく、というふうに同じスピードで左右バランスよくその作業を進めていくと面白いように船体は草の中に沈んでいった。

灰汁は草の海に出てからずっと、この深く密集した草の海の底がどうなっているのか、ということに単純な興味と好奇心を抱いていたから、この作業は草クラゲを追跡解体する仕事よりもずっと面白かった。船が半分ほど沈むと、頭にヘッドランプをつけなければ何も見えない程に暗くなってしまった。生き物の気配も豊富で、作業をしている間、灰汁の体のあちこちをいろんな小動物が擦りぬけていった。耳もとにまとわりつききびきびうたうようにしてうるさくさえずっていたのは話に聞いただけでまだ見たことのない草魚のようであった。夜には光って走るという草魚をいつか早くこの目で見たい、と灰汁は思った。

昼すぎに船体の沈降固定作業は終り、灰汁とコーラン刈りはそこではじめて銀眼船長と同じテーブルで少し遅い昼食を摂《と》った。

「草の海の嵐は凄じい。それで何隻も何人もこの緑の中に死んでしまったよ」

銀眼船長はそう言った。まだ上空の見事に丸く刈り込まれた巨大な穴のむこうにはゆっくり動いていく雲が見えていたが、壁のアルカロイド式乾燥計の目盛りを眺めていた三本眉は「あと一時間と少しで嵐がくる」と朝がたよりさらにまた掠れた声で言った。

餛《こん》飩《とん》商《しょう》売《ばい》

餓死や行き倒れが相次ぐ世の中なので、路《みち》ばたで安い食べ物でも売るのが一番簡単な商売なのだが、場所や時間を間違えると、敗残兵や浮浪者の群に襲われることがある。

そこで灰汁十三《あくじゆうぞう》は少々突飛な考えとは思えたが、南蛮鈴鳴《なんばんすずなり》という、おそろしく枝ぶりのいい樹《き》が、むかしの商店街のアーケード入口附近にたった一本焼け残っていたので、その上に登って商売することにした。

アーケードの商店街はとっくに潰れてしまったが、その前が十字路になっているので、人はまだ三方向からやってくる。

南蛮鈴鳴は太い幹でそうそう簡単には登れないので戦闘武具のダブルアームを使う。灰汁は傷痍《しようい》軍人だが勇敢なる機甲機動歩兵であったから、そういう戦闘用品の扱いには慣れている。

売る物は張 伯達《ちようはくだつ》に作り方を教えてもらった。張は鳥獣仕掛けの糜爛《びらん》内爆弾で皮膚から筋肉まですべて灼《や》け爛《ただ》れてしまったので、全身解体手術を受け、今では脳髄だけだ。それでも脳髄だけでも残っていれば、政府の集合思考慰撫《いぶ》センターが再開復活するとそこでの仕事に優先就業することができる。

集合思考養筒というのはものすごいパワーをもっていて、たとえば二千万の優秀な人間の脳髄を集めてこれをいくつかの複雑な連携システムに通すと、瞬間的に宇宙ロケットの発進時に匹敵するくらいの思考エネルギーをつくりだすことができるのだという。

まあそのあたりのことは敗戦処理事業団のパンフレットそのままの話だ。とにかく脳髄だけになった張のそういう望みもあって、灰汁が張の脳髄を預かることになった。長時間簡易保存による思考機能劣化防止のための脳髄培養液は敗戦処理事業医療団から配給を受ける。それに伴うA級傷痍軍人の一時補償還元金が有難い。

張が教えてくれたのはこの地方《あたり》に沢山群生している火焰麦《かえんばく》と野生化したバイオ果球、タマニギリの実を粉にして、そこからある種の餛飩《こんとん》をつくることだった。火焰麦の穂は小さくて実が薄く、たとえそれを粉にしても色が毒々しいまだら紅梅なので、使い方が難しい。しかしこれにタマニギリの実を粗く粉砕したものを加え、半如水《はんにょすい》で捏《こ》ねて熱を加えると、赤紅色が相当に薄くなり、不思議にねっとりとした芳香をたてるようになる。そうして出来た餛飩は、そのままにしておくと固くひきしまり、数日間は日保《ひも》ちする。

そういう物はまだこの地方にはどこにもなかったので、商売するにはうってつけであった。

灰汁はひとつが拳《こぶし》大のそれを二十個ほど作り、やはり戦闘備品だった自在背嚢《はいのう》に入れ、南蛮鈴鳴の大きな二股枝に腰かけて客を待った。

消滅してしまった商店街の通りなので、人通りはごくたまにしかない。灰汁は一人もしくは二人連れ程度で、いくらか金を持っていそうな気配の者を狙うことにした。自分と同じ戦闘員崩れや薬癡《ドラッガー》、終戦巡礼者、メスカリスト、整備役人らしき者などが通りかかると、息をひそめ、身を固くして気がつかれないようにした。

灰汁がその日最初に声をかけたのは足踏み式の天秤《てんびん》ふいご車に乗った男と女の二人連れで、夫婦のようであった。天秤ふいご車はひかひかひかひかとけたたましくかん高い音をたてて走るので、樹の上にのった灰汁が叫んだくらいでは気がつきそうもない。そういう場合もあるだろうと思って、ダブルアームを応用した懸垂看板を作っておいた。ふいご車に乗った二人連れが樹の近くまでやってきた時にその看板を降ろした。効果はてきめんで、二人はほぼ同時にふいごを踏むのをやめ、呆然《ぼうぜん》とした顔で南蛮鈴鳴の樹からにわかに下った看板を眺め、同時に樹の上の灰汁の顔を眺めた。

ハンドルクラッチ操作をしていたのは男の方でどうやら驚きのあまり咄嗟《とっさ》にアイドリングレバーを放してしまったらしく、ふいご車の側面にある排気ノズルから一斉に白い蒸気が噴出し、あたりはかえって騒々しくなった。

しかし溜《たま》った蒸気がすべて出てしまうと、しゅうしゅういう音は急速に消えて、どうにも申しわけないような静寂がとりまいた。

「餛飩を売っている。新しい食い物だ。火で焙《あぶ》っていつでも食える。今なら安くしておくよ」

　灰汁は片手で自分の喉を押さえながら言った。戦闘であけてしまった穴が喉にあるので、何か喋《しゃべ》る時はそこを手で塞がなければならない。

「知らない食べ物だ」

「北政府が統治している市場ではいま一番の流行《はや》りものだよ」灰汁は出まかせを言った。こういう田舎《いなか》の住人は北の領地の動向がいつも一番気になっているのだ。

「いくらかね」

「いくら持っている？」

「あんたにこたえる必要はないね」

　男は急に不機嫌になった。少し高圧的すぎたかもしれないな、と灰汁はにわかに戦略をたてなおすことにした。

「すまなかった。もういくらも残ってないのでね。大枚をはずまれても困ると思って……」

「うまいことを言って。狡《ずる》い商売文句だ。こっちも商人だからな。そんな手にはのらないよ」

　背嚢から餛飩をひとつ取り出し、天秤ふいご車の荷台のあたりに目がけて放り投げた。餛飩はいかにも弾力のありそうな荷台の合成チタニウム板の上にごろりところがった。

予想したとおりまだすっかり固まっていないらしく、跳ねかえらず道に落ちずにすんだ。黒の防塵《ぼうじん》フェイスガードをくくりつけた女の方が素早く餛飩を拾いあげ、興味深そうに両手で撫《な》で回した。それから女は小声で何か言い、男が同じ小声で何か聞きかえしているところが見えた。

「いくらかね」

やがて男が用心深そうな顔と声で言った。

「北のコインで二十だが」

「ひとつがかね」

「ああ。もう残り十いくつしかないがね」

フェイスガードをした女が小声でまた何か喋り、男がこきざみに頷《うなず》いた。

「コイン八十で五つなら貰《もら》おう」

勝負どきだな、と灰汁は思った。

「いま放り投げたそいつを返してくれ。もう少し餛飩の価値がわかっている奴《やつ》に売ることにするよ」

灰汁はダブルアームの把手《とって》にある操作レバーを回し、アームの先端から蜘蛛《くも》八肢をざらりと突出させた。開閉自在の八肢を素早くきしきし動かし、そこに餛飩を載せるようにと、怒鳴るようにして言った。女が男の耳元でまた何か言い、男が慌てたしぐさで何かのなめし革で作ったらしいブルドッグ外套《がいとう》の懐に手を突っ込んだ。

「旧型のコインだけれど、それでいいかね」

男が言った。

灰汁は頷き、ダブルアームの先端にひらいた蜘蛛八肢の上に北政府が戦時中に発行していた乃伊《いら》黄銅製の三角コインが五枚並べられるのを確認した。レバーを半回転させて素早くそいつを手元に回収し、かわりに餛飩を四個蜘蛛八肢に握らせて、天秤ふいご車の上の二人のところに伸ばしてやった。それから二人は足元のふいごのペダルを交互に踏んで蒸気を溜《た》め、とんだ道草をくったといわんばかりの急ぎようで発進していった。

灰汁は樹の上で笑った。思った以上の成果であった。ダブルアームを縮めてコインを内懐《ふところ》の奥に収《しま》った。

電脳ヘルメットらしきものを被《かぶ》った男が一人ふいに道の端に立っているのが目に入った。天秤ふいご車のやってきたループ道でもなく、見通しのいいその反対側の道からやってきたようでもなかったから、瓦礫《がれき》の連なった道の両端のどこからかをくぐり抜けていきなり現われたようだった。

電脳ヘルメットが機能しているのかどうか樹の上から見ているだけではわからなかった。内視レーダーが装備されているとしたら、そいつは頭の上にいる灰汁のことなどもうとうに知っている筈《はず》だった。

灰汁は暫《しばら》く身体《からだ》を動かさないようにして眼下の男の様子を窺《うかが》っていたが、やがてどうみてもそいつの被っているヘルメットは全面機能停止のがらくた同然のものらしいとわかった。男の動きは緊張感がなく、途方に暮れているようにも見えた。

どうしたものか迷ったが、そいつが何時《いつ》までもそこにいると、次にまたさっきのような具合のいい商売の獲物がきたとき、不必要に警戒されてしまう可能性があった。

「おいあんた」

灰汁は樹の上からわざと太い声でそう呼んだ。しかし男の動きに何も変化はなかった。もう一度呼んだが結果は同じだった。やはり電脳ヘルメットは機能していないのだ。それよりもむしろヘルメットが邪魔をして、あたりの音が聞こえないらしい。

間抜けで無用心な奴だ……。灰汁は舌うちをし、自分の頭の上に沢山ぶら下っている南蛮鈴鳴の腓《こむら》型をした固い莖殻を二つ三つ振《ね》じ取り、男のヘルメットめがけて投げつけた。そのうちのひとつが見事に当り、男は漸《ようや》く頭を左右に振り、ひどく鈍重な動作で樹の上の灰汁を見上げた。灰汁は男に笑いかけた。男が何かの武器を持った凶暴な者でない、という保証はまだまったくないからだ。しかし見上げた男の表情を見てその危険性は殆《ほとん》どない、ということを灰汁は確信した。

「何をしているのかね？」

灰汁は笑いながらそう言った。ヘルメットの男は黙って自分の口唇の周りを嘗《な》め、片手の腕のあたりで目を擦《こす》った。

「腹が減っているんだったら餛飩があるよ。安くしておくよ」

「つがつがねれるつがだっらかね」

もごもごした声で男はあくまでも鈍重に言った。声まで聞かなければ正体がわからない自分が情けなかった。男は余寒《よさむ》だった。戦闘時に開発された下働き専用の再生人間だ。

「つがらつらつらづつがれねい、つがらつがら」

余寒は上を向いたまま意味不明のことをそのまま喋り続けた。

「むこうへ行け！」

灰汁は怒鳴り、片手に持った南蛮鈴鳴の茎殻を振りあげた。

余寒はまだ辛うじて残っているらしい生体としての意識を反応させ、のそのそと肩を竦《すく》め、同じくらいゆったりした動きで両手をあげるとそれで自分の頭のあたりを覆った。

「早くむこうへ行け！」

灰汁はさらに怒鳴り、茎殻をいくつも余寒に投げつけた。余寒が歩きだした。ぎくしゃくとした歩き方だから、最初から歩いてくるところを見ていたら、ひと目で余寒とわかったのに……。

そのとき、壊れた商店街のほうから新たな音がした。音というよりも吠《ほ》え声に近かった。同時に折り重なった瓦礫の山が何か大がかりな忿怒《ふんぬ》波動砲で揺さぶられるように激しく震動し、やがてその一角がいきなり噴きあげられるようにして破れると、中から巨大な「めなし」があらわれた。「めなし」も人間が作ったものだが、どうしてこんなにおぞましい生き物を人間が作れるのか不思議だった。「めなし」はどういう訳かしきりに苦しんでいるようで、そのぬらぬらした長い体をくねらせてはその名のように目のない鎌首をもたげて振り上げ、大きな赤い口を何度も開閉させた。赤い口があけられる度に錆《さび》臭いにおいがあたりに漂い、くねる大きな体によって埃《ほこり》も相当広い場所まで舞いあがっているようであった。

灰汁が「めなし」を見たのはそれが三回目だった。以前見たそれは二度とも戦場であった。

「めなし」は灰汁たちの南ゲリラ軍とともにきちんとパターン制御されて敵防御線を破壊し、機甲歩兵の突進路を作ったり、敵砲弾の移動遮蔽《しゃへい》などになって灰汁たちを守ったりした。灰汁たちにとってそのおとなしくて頼りになる友軍兵器の「めなし」が苦しがってのたうっているのを見るのは怖《おそろ》しかった。「めなし」は灰汁の眼下で咆哮《ほうこう》し、しゅうしゅうとさらに錆臭い息を吐いた。

そのとき午後の第一の月がかなり速いスピードで昇ってきた。楕円《だえん》軌道を描く衰退衛星であったから、太陽の斜光の向い側でぎらぎら眩《まぶ》しく輝き、その反射光の最初の風圧が南蛮鈴鳴の葉や沢山の茎殻をごりごりと揺さぶった。

「めなし」はさっきよりも明るくなった道の上でさらにくねくねと全身でのたうちながら、それでも少しずつ前進していた。「めなし」の進んでいく先に余寒がまだのそのそ歩いている。そのままではひどいことになるかもしれなかった。しかし余寒ごときを助けるために樹から降りていく訳にはいかない。

「めなし」の動きがいくらか速くなって、やがて余寒は頭から「めなし」に食われた。

騒々しい時間がすぎて、灰汁は再びじっと次の客がくるのを待った。午後の第一の月が二回目を回るころ、やっと新しい人間がやってきた。気に入らないことにそいつはラッパ管のついた哭渾天《こくこんてん》を背負っていた。意見が合わなくて、そんなもので一撃されたりしたらたまらない。ここは黙ってじっとやりすごしたほうがいい、と思った拍子に、そいつが上を見あげ、灰汁と目が合った。男は中年で、だいぶくたびれた顔をしていた。片方の目が哭渾天と連動した検索照準眼になっているらしく、その片目の奥がオレンジ色に一瞬光り、灰汁の武器装塡を素早く探った。

「何をしているのかね」

男は鷹揚《おうよう》に聞いた。

「餛飩を売っているんです。金を持っているのだったらどうですか。どのようにしてでも食えますすよ」

喉の穴を押さえ、灰汁は言った。こいつの前では下手な小細工をするのはやめたほうがいいと咄嗟に判断した。

「餛飩など聞いたことがないな。このあたりの食い物かね」

「まあそういうことです」

背後から餛飩をひとつ取り出し、男に放り投げた。男は思いがけないほどのすばしこい動作でそいつを空中で摑《つか》み取り、普通の眼《め》と義眼の双方でしばらくそいつを眺めた。

「見本という訳かね」

男は落着いた声で言った。灰汁が頷くと、男は片手で餛飩をふたつに割り、その半分を口に入れた。口をあけるとき、男の歯が朱色に光るチッカ樹脂ですべて補強加工されているのがわかった。ということはもしかすると戦闘最前線まで行った天衝兵《てんつきへい》の生き残りかもしれない。

「たいした味ではない」

男は断定的に言った。普通ならそこで気の荒い灰汁はたちまち怒り狂って男を罵倒し、ひと悶着《もんちゃく》あるところだが、まだ用心したほうがいい、と判断した。灰汁がとりあえず武器を持っていないのを、男はさっきの検索で知っている。あの哭渾天のラッパ管を向けられて、持っている餛飩と金のすべてを下へ放り投げろ、と言われるのは嫌なものだ。

するど、男は灰汁の想像したとおり、背中からゆっくり哭渾天をおろし、樹の上の灰汁に向けて大ざっぱに狙いをつけた。この武器は照射範囲が広いからそれでいいのだ。

そいつが本気で射《う》つ気になる前に灰汁は思いきりよく腰にからめておいた槌《つち》型シューティングワイヤーを引いた。土の中に隠しておいた熱探式の恟々槍《きようきようそう》が性能よく瞬間的に男の居場所をとらえて土中を動き、三方向から男を突き刺した。等間射出式になっているから真ん中の恟々槍はもしかすると男の股間を突き通したかもしれない。男は叫び声を上げる間もなく数メートル後方に飛びのいて即死した。ちょっと対応が早すぎたかもしれないが、生きていくためには仕方がない。

灰汁は樹を降りて男の服と所持品をそっくり引き剝がした。たいした金は持っていなかったが、収納ベルトの中に北政府の兵士が使っている静止衛星対応式の位置確認《ナビゲーシヨン》クロノメーターが入っていた。久々に高価なものが手に入った。素裸にして首を切り落とし、胴体をそっくり商店街の瓦礫の中に放り込んだ。一晩のうちに夜行性のいやらしい萎萎《しおしお》の群がやってきて男を骨だけにしてしまうだろう。男の持っていた重い武器はもう少し獲物がたまったらまとめて取りにくることにして近くの半分壊れたレストランの窓の中に放り込んだ。

それから切り落とした男の首を素早く魚籠《びく》型の瞬間ラップシートにくるんだ。どんな知識があってどんなことを考えている奴だったのかよくわからなかったが、アジトに帰って装置に収めてからいろいろ聞いてみるつもりだった。たいして役に立たなくても余寒ぐらいの再生人間用の脳としては売れるだろう。

ダブルアームを使って再び樹の上に登った灰汁は、腰につけたスタノハフ式自動心肺の吸引圧縮レバーをしばらく上下に動かし、濃縮空気を溜めた。

男の身ぐるみを剝いだり首を切断したり、悔々槍を再セットしたりと、けっこう慌《あわただ》しく動き回ったから息が苦しかった。喉や肺まで失っているB級傷痍軍人には少々きつい仕事だった。餛飩売りもこういう副次的な仕事が多いから、脳髄だけの張伯達が考えているほど楽ではないのだ。

漸く午後の二番目の月が天空高く小さく見えてきた。ひと息ついて灰汁はさらにまた次の獲物を待つことにした。

水上《すいじょう》歩《ほ》行《こう》機《き》

軍事去勢場から脱走した二人組が鰓豚漁《はぐはぐ》の網元の女房を強姦《ごうかん》して刺し殺し、岬から海に逃げた。網元の女房は後妻でまだ若く、どうやら子供を身籠もっていたらしい。

「捕まえるのでも殺してしまうのでもいい。一刻も早く奴《やつ》らの息の根を止めてもらいたいんだ」

大きな顔を赤黒く怒張させた網元は、おれと灰汁《あく》の前で太った体をしきりにくねらせながら、唾とばしの吃弁《きつべん》で何度もそう繰り返した。興奮しているからなのか、喋《しゃべ》る度に網元の息から痲尼酸《まにさん》の嫌な臭いがおれたちのまわりに濃淡縞《じま》を描くようにして広がるので、灰汁は露骨なことに懐に入れていた百咳布《いきどめ》を自分の顔の下にまいて防護していた。

網元は見るからに奸物《かんぶつ》という悪相で左右大きさの違う目は全体に黄濁して黒目との境界がなかった。しかし若妻を殺されたばかりで悲嘆にくれている亭主であることには間違いないので、おれは灰汁のような対応もできず、臭いの波が来るたびに片手を振って顔をのけぞらせ、適当によけるようにしていた。

網元に会う少し前に殺された若妻の死体を見た。首筋の後ろあたりから斜めに鋭利な刃物で刺されている。傷の破損具合から相当に肉厚の刃物でやられたのだろうと見当がついた。軍事施設から逃げてきたのだから軍用ナイフを使った可能性が強かった。刺傷はそこのあたりだけなので顔が壊されていないのがせめてもだった。細おもてのいい女で、これは網元が相当あこぎな仕掛けをして金がらみで手に入れた女であるのに違いないと見当をつけた。

おれと灰汁は提示された報奨金の額とその支払い方法に間違いはないかどうか幾度か確かめ、網元の子分の差し出した承書にそれぞれの名を書いた。

「自分らの武器を使うんだから行く前に支度金のようなものは出してくれねえのかい」

灰汁が左の喉の古傷のあたりをひくつかせながら掠《かす》れたような声でそう言ったのだが、どうもその時だけ網元も子分も聞こえないような顔をしていた。困ったものだと思っていると、もう一人別の子分がやってきて両手に抱えてきた昔の筒脅《つつおど》しのようなものを差し出した。そいつは結構しっかりしたつくりで銃身も長く、途中の蝶番《ちょうつがい》で二つ折りになっている。先端は駱駝《らくだ》管のようでそれも初めてみる形式だった。

「やつら兵隊くずれの与太者だろうからそこらのなまじっかな火薬銃なんかじゃ勝ち目はないですよ。こいつでいっぺんに胃の腑《ふ》のあたりを裏返させちまうのはどうかと思って……」

最初の子分がそう説明した。灰汁が黙ってそれを受け取り、慣れた仕種《しぐさ》で振り子弾の装塡箇所などを点検した。遊底のスライドの調子が悪く弾がうまく入らない。

「使ったことがあるのかい？」

灰汁が聞くと、子分は嫌な顔をした。

出発前に浜屋敷の奥にある海神殿のようなところでうろ目の祈禱《きとう》師に乾燥させた腔《こう》腸《ちょう》膜を焚《た》いてもらい、これからの戦闘に勝利するための浄裸裸濁怒怒静鬼鬼憤猛猛というここらの近隣宗教で使われているカナカケ呪文をひととおり吹き込まれながら、目、耳、鼻、口、尿道、肛門《こうもん》の九穴に煙塞《けむりふさぎ》の御祓《おはら》いを受けた。祈禱師は自分の焚いた腔腸膜の辛香に時折むせてしまうという怪しげな男だったが、とりあえずそれでいろんなことの手続きは終った。最後に給仕場で賄いの老婆に二日分の携帯食を渡され、おれたちは二人の子分と一緒に外に出た。

サバニは古いリゾートマンションの十二階のあたりにあった。角部屋のガラス戸をすっかり抜いて骸骨の目のようにがらんどうになった窓と窓の間に太いワイヤーが通してあり、その先に松材の頑丈な浮き桟橋がくくりつけられていた。サバニはだいぶ前から係留してあったようで、たれ下がったもやい綱の水面下に烏帽子《えぼし》ニナが行儀よく並んで張りついている。脂雨《しう》はあがっていたが、絶対に流れ去ることのない重くて厚い曼陀羅《まんだら》雲がいつもの複雑な縞々模様を描いて頭の上いっぱいに張りつき音もなくぬらついている。風はなく海面も油照りしたままのったり緩慢にその全体をゆすっていた。

下半分が水没して廃墟《はいきょ》になったリゾートマンションの水面から出ている七、八階分がおれと灰汁のいる桟橋の背後で途方にくれたように突っ立っている。ここも水で覆われる前は眼下に海を見下ろす素晴らしい建物だったのだろう。

おれがサバニの舵《かじ》をとることになった。灰汁はその間に筒脅しを直しておきたいらしい。後部デッキに引き込み式になっている船外機がありふれたガソリンエンジンであることを確かめてから手榴弾《しゅりゅうだん》型の吸引バルブを作動させて燃料をエンジンに送り込んだ。それから手動チョークを空いている手で何度か引いた。慌てることはなかったが、早くこの入り江を出ていきたかった。背後のどこかでマヒマヒが鳴いたような気がしたが、それよりも早くエンジンが乾いた音をたてて回転した。

桟橋に立っている二人の子分が腕組みをしたままおれたちを見送った。

「やろうこのボートでおれらがどこか別のところにこのまま逃げてしまうかもしれねえと考えているな」

灰汁が言った。

おれはそれでもいいじゃないかと思っていたが操縦に結構気がぬけないのでそのまま黙っていた。水面から唐突に突き出ている腐ったようないくつかの建物を避けて慎重にサバニを沖に出していく。湾の中には水面すれすれに水没している建物があってそれは暗礁とまったく同じだったから注意しなければならない。左舷《さげん》の向こうにいきなり浮遊ブイのように突き出している赤いものは終戦時撤収を逃れた多目的電波塔のてっぺんあたりのようだった。耐張碍子《がいし》から断線したままのケーブルがしなびた老人の髭《ひげ》のように沢山垂れ下がり、ワーム型をした先端のノーズカバーの上にマヒマヒがとまっていた。こいつはいつも奇妙に思慮深い目をしているが、おれたちの姿を見つけると「ピエッ」といやらしい音をたてて口から黄色いものを吐き出した。挨拶のつもりらしいがこいつに挨拶されるといつも気が萎える。

湾の外にでるとすぐに潮流と一緒になった脂まじりの迎え波が船底を叩《たた》き、おれたちを乗せた年代もののサバニはいっとき上下に激しく揉《も》まれたが、スピードは確実にあがっているようだった。

この岬からこぼれ落ちたように外洋に向かって点在している島々の一番先端にある小島が網元に教えてもらった目あての場所だった。島といっても元々は水没した半島の残った部分で、恐らく終戦後も組織だっての調査などされていない筈《はず》だった。そのため網元のところから渡された地図はそのあたりが水没する前の半島をおおよその冠水線で島の形に区切っただけのものだ。行ってみなければどんな具合になっているのか見当もつかない。

走り出してからデッキの下のタンクを覗《のぞ》き、燃料の目盛りを調べているのだからずいぶん間抜けな出撃だったが、ガソリンは半分以上残っていた。どこかから燃料漏れしているらしく、さっきよりもだいぶそのあたりがガソリン臭くなっていたが、サバニの外側一面にぬらついて広がっている脂腐りの海の臭いよりははるかにましだった。

岬から三つめの小さな島を越えるまでに三時間ほどもかかってしまったが、目当ての一番小さな島が見えてくると、その先はもう突き出た岬や鼻のようなものがないので、潮流は素直に島を回流していき、それに乗せてサバニのスピードが幾分早まったようだった。

やがて島の西側が見えてきた。いかにも水没島らしく水面からじかに枯れた樹木が崖になって立ち上がっている。むこうのやつらがどこにいるかわからないのでエンジンを最微速に絞り、左流れの海流に乗ってゆっくり進んでいった。枯れ木の崖がずっと続き、どこからでも取りつくことはできそうだったが、上陸したとしても、そのあとはどう考えても枯れ木の急斜面をずっと登っていかなければならないのだからもう少し楽な上陸場所を探したかった。

一箇所、水際すれすれのところに灰色の船着場のようなものが見えたが、斜面の途中に建てられて水没した建物の屋上部分らしいと分かった。その横の流木溜《だ》まりのようなところに動くものが見えた。一瞬緊張したが、どうやら磯《いそ》ツキダマらしい群がその一箇所に群がって何かの死体を漁《あさ》っているようだった。

「あれがやつらの土左衛門だったら楽なんだがな」おれが言うと、船底にあぐらをかいて座っていた灰汁がおれの顔を見たあと磯ツキダマどもの騒ぎを眺め、つまらなそうな顔のまま少しだけ頷《うなず》いた。

むかしそのあたりに小さな沢でもあったらしく深い窪《くぼ》みの先にちょっとした鼻が突き出ており、船はその先端をいくらか膨らんで回りこんだ。灰汁が取り組んでいた筒脅しが漸《ようや》く直ったようで、おれの背後で何度か遊底を軽く滑らせる音がした。

鼻の先端を回りこんだところでおれと灰汁は同時に低い声をだした。いきなり巨大な男が斜めになった枯れ木の崖に腰掛けていたからだ。だいぶ暗くなって粒子の粗くなったような大気の下でそいつの体はあちこちまだらに光っており、今しがた水の中から上がってきてそこで休んでいる巨人のように見えた。

すぐにそいつが人型をした水上歩行機であることがわかった。戦争時の水面工兵として開発されたもので、珍しい多肢型の四本腕であった。

「こんなものがまだあったんだなあ」

灰汁の声は半分笑っていた。話には聞いていたがおれもそれを見るのは初めてだった。こちらに斜めに向いた巨大な顔がなんとも悲しく憂鬱そうだった。

珍しいものを見つけた好奇心もあったが、仕事の順序としてこいつに接近し、中を調べてみる必要があった。今の段階でなんの反応もないのだから危険は殆《ほとん》どないだろうと見当はついていたが、その中で傷ついて動けなくなっている若妻殺しが武器をもって待ち構えている可能性もあったから、一応の用心をすることにした。

この一帯に来る直前、おれはちょっとした闇市で年代ものの連発火薬銃を手に入れていていたが、数年ぶりに網元のところで再会した灰汁は何も武器を持っていないようだった。ふたりとも人づてでこの雇われ仕事を聞いて流れ着いてきたのだが灰汁は相変わらず乱暴な男で、奴の武器はつまり今しがた直したばかりの筒脅しだけらしい。

水上歩行機の背丈は五メートルほどで、左右の足についているフロートはおれたちのサバニぐらいの長さがあり、太さはざっとその三倍はあった。巨大で頑丈なつくりをしていたが、やつらがこの歩行機械で島までやってきたとは考えられなかった。いかに浮力の増している脂まじりの海ではあっても、大きなうねりのくる外洋で長時間の航行はとてもできそうになかったからだ。

おれと灰汁は左右に別れて枯れ木つきの斜面を登り、慎重に巨人の背後に向かった。やつはいくらか前傾姿勢になって腰を下ろすように崖の斜面に身を預けており、その人間の比率より大分長めに作られている四本の手をすっかり持て余したようにあちこちたがい違いに放りだしていた。

出入りのハッチは背中の上、肩に近いところにあった。灰汁がハッチの上に直したばかりのその長い筒脅しの照準をあわせると俺に目くばせをした。おれは素早く両手で蓋をあける。中は有人使用時のための操縦席になっていて小さな腰掛けといくつもの計器や操作桿《かん》などが乱雑に散らばっていた。大分前に誰かがこの中で子供じみたいたずらをしていったらしい。

「残念だが死んでいるな」

「けっこうこれで長寿のほうなんだろう」

灰汁が言った。


賄いの老婆が作ってくれた弁当は厚い油衣でくるんだ苦飯《くーはん》に曲瓜《くせうり》の煮つけとなにかの白魚のすり身を団子にしたものをつけあわせたなかなか食べ応えのあるものだった。

水は網元の子分たちがサバニに積んでくれたハーネス付きの濾過器《ろかき》があり、海水を半時間ほどで淡水化することができた。溶媒の花香水が効きすぎていて少し甘ったるい味がしたが以前の戦闘食を思えばなんでもなかった。

おれたちが暗くなる直前に見つけた家は何か役所がらみの監視所のようなつくりになっていた。すでに相当な数の人々に荒らされてはいたが、二階の奥に定温乾燥記憶処置のほどこされた部屋があった。高圧気泡板でつくられているので外気よりもだいぶ温かく、なによりも脂のぬめりがまったくないというのが有り難かった。灰汁はめしを食って一息ついたあと再び海鼠合羽《なまこがっぱ》を着るとおれの暗視ゴーグルをつけ、外に出ていった。

この海域も暗くなると必ず脂雨が降ってくる。

おれは緑火トーチの陰気な明かりの下に網元からもらった簡単な島の地図を広げ、現在地とその周辺の地形などを検討することにした。もともと半島だったところが島に分断されているので島を走る道はどれもみんな水の中からはい上がってくるようになっている。おれと灰汁が上がってきた道もそのひとつで、もとは半島の先端までいく観光道路だったのだろう。

おれたちの忍びこんだこの建物は地図には出ていなかった。上陸して小一時間程度のところだったからおおよその見当はついたが、実際島に上陸してみると、想像していたよりも懐が深く、これから島の隅々までやつらのいそうな場所を捜すというのは気の遠くなるような話だった。明日は今日歩いてきた道路を進み、その先にある岬の先端の観光地まで進んでいき、なにか手掛かりを捜すしかないようだった。

灰汁はおれが防水タープにくるまって漸く眠りにはいるかどうかというときに戻ってきた。なんだか荒い息をしており、低い声で何事かしきりに悪態をついていた。合羽を乱暴に脱ぐので脂まじりの水がこっちにまで飛んでくる。どうやらあちこち水浸しになっているようだった。二人組についてなにかの情報があるのだったらおれを起こす筈だが、そういうことでもないようなのでおれはそのまま黙って眠りにつくことにした。灰汁もじきに自分のタープを引っ張りだし、そいつにくるまって寝ようとしているようだったがいつまでも寝苦しそうにごそごそ動き、体のあちこちを掻《か》きむしっているような音がした。

翌朝いきなり飛びおきた。爆発音が聞こえたのだ。夢の中の音ではなかった。

「遠くのほうだよ。この島じゃあなくて西の海域だな」

灰汁がおれの頭の上で言った。やつはいつの間にか起きていたのだ。タープを引き剝がして体を起こし、灰汁の顔を見てびっくりした。やつの顔面のすべてが紫色になっているのだ。顔だけではなく剝《む》き出しになった腕や手も同じような色だ。

「どうしたんだ？　猩猩花《ひとまどし》みたいな顔色をしてるぞ」

「やっぱり顔までそうか」

それだけ濃いと顔の表情がよくわからないが、いかにも全身が苛立《いらだ》っているかんじだった。

「寝てないのか？」

「眠ると死ぬほど痒《かゆ》くなる」

「何にやられた？」

「それがよくわからねえんだ。前に南の煮沸戦線で火口《ほぐち》蛇に嚙《か》まれた機動歩兵が全身錆《さび》色《いろ》になってひからびるように死んじまったのを見たことがあるが、昨夜は別に何にも嚙まれやしなかったからな」

「夕べどこを歩いていたんだね」

「ちょっとそこいらだよ」

それ以上話したくなさそうだったので聞かないことにした。

網元のところの賄いからもらった弁当の残りを少し食い、素早く身支度して外に出た。湿気と脂にすっかり晒《さら》されているので体が重かったが出発するしかなかった。灰汁にもこれといった確信のある方向はないようだったので、昨日登ってきた道をさらに歩いていくことに同意した。左右の森林は脂雨にやられて殆ど枯れている。風はやっぱり止まっていてねっとり淀《よど》んだ空気はどうにも行き場がなくなったようにそのあたりで重く停滞していた。

道路は緩やかに昇りと下りを繰り返し、やがて平坦《へいたん》になったところに壊れた店が一軒あった。峠のレストランというわけなのだろうが、戦前の木造の建物としては立派に持ちこたえている。近づいていくと二階の窓のあたりからいきなり知り玉が飛んできた。小さな円柱の左右に同じく小さな羽根がせわしなく羽ばたいている。以前はコーン型の顔があって巧みに動く人造鳥の表情が可愛《かわい》らしかったのだろうが、そいつがそっくり取れてしまって剝き出しになった頭部機械の複雑な駆動ステンバーやはめ込みチップの断面があちこちの点滅光と一緒におれたちの前でホバリングしていた。

「おつかれさまでしたおつかれさまでしたおつかれさまでした」そいつは中性的な人間の声でそう言った。「おやすみはおやすみはまかりかまかりかまかりかな。カードでもけつけつけつけつけつ」

建物の中を調べるために歩いていくおれたちの頭の上であっちこっち壊れたそいつはさらに力をこめていろんなことを言った。

「やつらがこんなところに隠れている訳はないな」

「別な獲物があるかもしれないじゃないか」

灰汁が先に入っていった。もしその建物の中に誰かいて、入ってくる灰汁のいまのめちゃくちゃに色のちらばった顔をみたら人の形をした怪物がやってきた、と思うだろう。ひとわたり見回してすぐ分かったことは、そこも何年にもわたって存分に荒らされている、ということであった。とくに厨房《ちゅうぼう》と食料庫のあたりがひどい有り様だった。入り口の横には大人の人間の腰から下の骨があった。だいぶ古いものなのでやつらとの関連は不明だった。周囲の脂臭さに鼻が麻痺《まひ》しているのだが、店の中はまた独特の腐臭がしていて一回りしたあたりでそいつがおれたちの体にじわじわまとわりついてきているのがよく分かった。

外に出るとまた知り玉が大げさな羽音をたてて舞い降りてきた。

「このひこのひもこのひこのひもなっておりますなっております。おかしいですね」

「またですね。このこのひのこのひ。おかしいですね」

知り玉はおれたちの回りをぐるんと器用に飛び、少し高いところで再びホバリングした。丁度おれのほうに顔を向けているので組み込まれたいくつかのマイクロチップが小さな内臓のように見える。このタイプのものは店の回りしか動きまわることができなかった。

そこから先はなだらかな道をずっと降りていくようだった。観光ルートとしてはこのあたりからがハイライトなのだろう。道の向こうにそれ全体が大きな生き物のように複雑な色を交差させ、のったりと光る海が見える。

曼陀羅状の重い雲がそのずっと先で強引に垂れ下がり、海に溶け込んでいる。

二時間ほど歩いていくと道が大きく湾曲し、いっぺんに岬の突端とその先の海が見えるようになった。岬の手前の突き出た棚の上に巨大な灰色の建物が見えた。場所と形からみてそれはホテルに間違いないようだった。岬の上に建てられているのだからそれほどひどく脂で汚れていることはないだろう。気密性の高い客室だったらなおさらだ。

同じ環境にいる者は同じ感情になっているから、なにか見知らぬ場所に行って人を捜す時は、自分がその場所を見て最初に「あそこに行きたい」と思ったところに大抵そいつらがいるものだ、と昔どこかの戦線で上官が言っていたのをおれは思いだしていた。

「きっとあそこだな」

灰汁が言った。おれたちは道の端の岩の陰に入り、案外簡単にやつらの居場所を見つけてしまった安堵《あんど》と、それに伴ういささかの緊張感を味わった。

そこにいたる道はこの正面から向かっていく観光道路のほかは、崖の下の海岸線をたどっていくしかないようだった。早いうちにかたをつけてしまいたかったので、このまま海岸線をたどり、しゃにむに突撃していくことも魅力的であったが、やつらが必ずしも昼夜ずっとホテルの中にいるとは思えなかった。

海岸線を行って、たまたま外に出ていたやつらに先に見つけられてしまったら殺《や》られるのは間違いなくこっちだった。

夜まで待って夜襲をかけることに話はまとまった。灰汁が殆ど寝ていないということもおれは気になっていたのだ。灰汁の紫色の顔は疲労も関係しているらしく朝よりもさらにその色が濃くなっている。

「おめえのそれは何も顔に塗らなくていいから夜襲にはちょうどいいぜ」

おれの冗談に灰汁は面倒くさそうに少しだけ笑った。この道をいきなりやつらが通っていく、ということも考えられたので、さらに少し奥の岩陰を捜し、夜までの隠れ場所にした。そのあいだ腹ごしらえをしておきたかったが、賄いが用意してくれた弁当はその日の昼で終わってしまった。おれが背負ってきた海水処理のできる淡水壺《つぼ》にはまだ水がたっぷりあったが、襲撃の時はここに置いていくことにした。

とくにやることもないのでそのまま岩の陰で暗くなるのを待つことにした。灰汁はすぐに寝ようとしたようだが、やはり眠りに入ったとたんに全身の痒みが襲ってくるらしく、しきりに悪態をつきながら苦しそうに唸《うな》っていた。気の毒だったがおれにはどうすることもできない。

昨夜灰汁が夜中に歩き回っていたのは湿地帯によくいるという強強《つよつよ》の幼虫を捜しに行っていたのだろう、とおれは考えていた。強強の幼虫をどうにかいじくって加工すると喜悦同衾《どうきん》の爆裂的な媚薬《びやく》効能があるというので、前に二人で河川国境の交易補佐官殺しをしたとき、灰汁が夜中にそれを嬉《うれ》しそうに捕まえてきたのをおれはまだよく覚えている。

寝ころんでいるうちにまた律儀な脂雨が降ってきた。おれはタープの裾を内側に巻き上げ、本格的に寝る態勢をとった。隣のタープのあたりが静かになっていた。丸一日寝ていなかったので漸く灰汁の睡魔が痒みに勝ったようだった。


脂雨は闇をもっと暗く閉ざすので、おれと灰汁が岩陰を出た時は道路がないと目指す方向がわからないくらいだった。おれの海鼠合羽は胸と腹のあたりを魚鱗甲《ぎょりんかぶと》で覆った防弾処置を施したものなので、そいつをつけて暫《しばら》く歩くと脂と水がたちまちしみ込んできてがぶりと重く、体が二倍になっていくような気がした。

岬の先のホテルまで三十分ほどもかかったが、有り難いことにおれたちが見当をつけたとおりやつらはその建物の中にいるようだった。ここまで追手はこないだろうとたかをくっているらしく建物の一番上、八階の端の部屋にぼんやりとした明かりが灯《とも》っていた。

「あの光量じゃ濾過上げ脂の光輪ランプかなにかだな」

どうした訳か灰汁が妙に嬉しそうな声を出した。入り口の扉はなにか小さな爆発物で壊されていて難なく侵入できた。建物の中にはいると漆黒の闇が濃厚にあたりを閉ざした。

おれたちの持っている光は珪素酸《けいそ》の発火力を利用した発光昆虫程度の緑火トーチだけだったが、こういう閉ざされた漆黒の空間ではそれで十分有効だった。できるだけ話を交わさないようにして素早くフロント近くの避難階段を捜し出し、慎重に登っていった。すでにだいぶ沢山の略奪が加えられているらしく階段には得体の知れない残骸があちこちに転がっていた。

乏しい明かりの中で灰汁は旧式の弓張り銃を見つけた。壊れて使い物にならない代物だったが、見たところまだ新しいようである。

五階の踊り場に到達したときいきなり破れたドアの間からけたたましい音をたてて何かが飛び出し、そのまま階段の下に消えた。おれも灰汁も仰天したが、どちらも手にした武器を発砲しなかった。ここでなにか大きな音をたてたらそれっきりの危ないところであった。早まらなくてよかったが、あまりにも瞬間的な出来事で、武器を使う余裕がなかったというのが実際のところでもあった。

「鼠《ねずみ》か？」

「いやそれよりもずっと足の数が多いようだったぞ」

おれたちは自分らの今の驚きようを低い声で笑いあった。略奪者のこぼした物は上にいくにつれてずっと少なくなっていき、そのあと八階までは何事も無かった。

目指す部屋までは二人それぞれ並行に壁づたいに進んだ。部屋のトーチの明かりは相当に暗く、ドアの下の隙間からこぼれてくる光を目当てにするのは無理なようだった。

それでも廊下の突き当たりの左の部屋、ということは間違いないようで、目的の部屋の前で暫く息をこらしていると、その中でたしかに人の動く気配がする。

息を整え、おれの気持ちの準備が整っていることを合図すると、灰汁がドアの鍵のあたりを狙っていきなり筒脅しを発射した。息が詰まるくらいの激しい音がしてドアそのものが向こう側に吹き飛んだ。打ち合わせどおりおれは反射的にその空間に飛び込んだ。激しくたちこめる埃《ほこり》と爆煙がおさまるまで暫く時間がかかったが、間もなく部屋の隅に仰天して張りついている男の姿が見えてきた。

一人だけであった。

男は今の筒脅しの風圧でそこまで吹っ飛んでしまったというわけではなく、最初から部屋の隅のそのあたりに座っていたようであった。男の前に沢山の紙の束といくつかの小さな機械のようなものが散乱していた。

「おまえは軍事去勢場から逃げてきたんだろう？」

灰汁が長い筒脅しを二つに折りたたみ、次の弾の発射起爆力を蓄積しながら激しい口調で言った。

「折角繋《つな》がったところなのになんてことをするんだぁ」

憤然としながら男はおれと灰汁を睨《にら》みつけた。あちこち擦《こす》れて破れ目のできている鉛色の防脂服にありふれた濃紺のフラッグパンツ。頭になにかの通信装置のついたメタル管帽のようなものを被《かぶ》っている。この建物に入る時に灰汁が言った通り、机の上に置いてあるのは海洋の表層油膜を回収して使う濾過燃料を使ったトーチだった。そういう物があると話には聞いていたが、見るのははじめてだ。

「何をしていた？」

おれは火薬銃を構えながら言った。

「ざんぞん衛星と話をしていたんだよ」

「ざんぞん？」

「残存だよ」

男は立ち上がり、腹立たしげに自分の膝のあたりにまとわりつく書類を両手で払いのけた。痩せて小さな体軀《たいく》をしている。灰汁が筒脅しの遊底をガシャリと動かした。

男は今の騒ぎから早くも立ち直り、それまで自分のやっていたことの続きに少しでも早く戻ろうと必死のようであった。当然なんの反応もない。どうやら目当ての脱走兵とはまるで違う人種らしいとその段階でおれたちは解釈していた。しかし一応話はきちんと聞いておく必要があった。

「網元の女房を殺さなかったか？」

踏み込んでおれが聞いた。

「二日前のことだけどな」

男は我々の話すことにまったく興味がないようだった。灰汁はそんな自分たちの質問が相当に陳腐であることを早くも認めてしまったようで、苦笑いしていた。

「兵隊あがりのような男が二人こなかったかい？」

次のおれの質問にそいつは意外にあっさりと反応した。

「来たよ。あんたらみたいにして」

おれと灰汁が同時に息を吸い込んだ。

「なんだって。何時《いつ》のことだい！」

男はキーボードのついている小さな機械の配線を繋ぎ違えたようで軽く舌うちをしていた。

「何時のことだい」

灰汁はもう一度聞いた。

「昨日だったかな」

「で、どうした。やつらはどこに行った」

男は帽子の庇《ひさし》の下から交叉眼鏡《こうさめがね》を引き下ろすと、リングを回転させた。どうやらそれでピントを直しているようだった。それからおもむろにおれたちを眺め、窓の向こうを顎でしゃくって見せた。

「むこうか？」

男は頷いた。

それが本当のことなのかどうか分からなかったがとりあえずおれたちは部屋を出た。近くにいるとしたら今の筒脅しの爆発音を聞いてなんらかのリアクションを起こしてくる可能性もあった。

さっきの男が背後で怒っている。いきなりドアを壊して侵入しそのまま出てきてしまったのだから怒って当然だった。しかし今はやつらを追うことのほうが先決だった。

ホテルの外に出て、今の八階の男が顎で示した、やつらが行った、という方向を眺めた。岬の先端部分に建っているホテルだったから顎で示したそれは崖の向こうということになる。今は暗くてまったく見えないがその先はたぶん海だろう。また海に出て行ってしまったということなのだろうか。

「それとも適当なことを言ったのかもしれねえな。やろう相当にこっちのほうに来ていたからな」

こっちのほう、というのは頭がいかれている、ということなのだろう。暗くて顔の様子はわからなかったが灰汁の声はやはり苦笑まじりのようだった。

この漆黒の闇の中では改めてやつらを捜すといってもなにをどうすることもできなかった。かといってほかに行くあてもなく、再び脂雨の中を歩く気にもならなかった。腹も相当に減っている。

「あの親父《おやじ》だったら何か食い物は持っているだろう」

「おれもいま同じことを考えていたよ。だけどまた行ったらもっと怒るだろうな」

「だけど今はそれしか方法がないだろう」

おれも灰汁も自分に頷くような気分でまた階段を上りはじめた。

「今度はいきなり撃ってくるということもあるな」

灰汁が言った。そう言ったのはおれが火薬銃をひっぱりだすのとほぼ同じタイミングだった。おれたちの追っているやつらはどうやらあの部屋からあっけなく退散したらしい。それに較《くら》べたらおれたちのほうがよっぽどひどい悪人になりそうだったが、この空腹には抗《あらが》えなかった。

さっきの部屋からはぼんやりした明かりが漏れていた。今度は足音をしのばせる必要はなかったが、さっきと同じように接近していく靴の音をなんとなく押さえ気味にしてしまうのが我ながらおかしかった。

部屋には男の姿はなく、さっきと同じ乱雑なままであった。おれたちの足音を聞いてとっさにどこかに隠れたのかとも思ったがその部屋の中の僅かな隠れ場所のどこにも男の姿は無かった。かわりにいくつかの食料が見つかった。どんな動物のものなのか見当もつかなかったが、干し肉とも燻製《くんせい》肉ともつかないものと、練り混ぜ麦こがしの缶詰、それにラベルのすっかり剝げた瓶入りの何かの飲み物だった。どれもあまりうまそうには見えなかったが、腹の足しと力の補給にはなりそうだった。

ラベルの剝げた瓶の中の飲み物は生姜《しょうが》水の味がして少し悪くなっているようだった。肉がひどく辛いので水がほしかったが飲料水はそれ以上見つからなかった。さっきの隠れ場所まで戻って水をとってくることも考えたが、そう考えてみただけで、また海鼠合羽を着て濡《ぬ》れていく気には到底ならなかった。

ずっと気にしていたのだが、男はまったく姿をあらわさなかった。その部屋の、もう寝具などは跡形もなくはぎ取られ、泥だらけの床や剝き出しになったマットなどいずれも激しく汚れてはいたが、外の岩の陰などとは較べものにならないくらい柔らかくて乾燥しているベッドは実に魅力的だった。腹が安定し、とりあえず何をどうするあてもないままその上に寝そべっているうちにやがてまた鈍重な眠気がやってきた。灰汁もおれの隣のベッドの上に横たわっていたが、まだ眠りに入ると痒みがくるようで、申し訳ないことにおれがすっかりいい気持ちにまどろみだした頃にも灰汁は低い声で唸りながら筒脅しの手入れなどをしているようだった。

あたりがすっかり明るくなったのでおれと灰汁は八階のひととおりの部屋を覗いて歩いた。男は翌朝もまったく姿を見せなかった。

どの部屋も男のいたところと大差ない汚れようだったが、驚いたことにひと部屋だけ冷蔵庫の中身がいくらか残っていた。底のほうになにやら黄色い沈殿物のたまった瓶詰があって、ゆすぶってみるとすぐに全体が均等に黄濁した液体になった。

灰汁はどの部屋にも必ず置いてあるテレビに興味を持ったようであった。やつの戦闘地域にはこのような家庭用の大きなディスプレイのものはまったく無かったのだという。

まだ十分使えそうなタオルと誰か大昔の客が残していったらしい裾長の服が一着、何に使うのかわからない紡錘形《ぼうすいけい》をした思いがけないほど重い電気製品、女ものの踵《かかと》の尖《とが》った靴などがあったのでみんな集めてきた。

そのようにして下の階もじっくり調べていけばもっと沢山の獲物が見つかりそうであったが、しかし時間の余裕はなかった。男を見つけてもっと二人組の情報を摑《つか》んでおきたいところだったが、ホテル全体が静まりかえっていた。おそらくあの男はこのホテルの中のもっと居住性のいい、食料の保管もしっかりしている場所を知っていて、そこを守るためにも武器を持って潜んでいるのだろう、というのがおれたちの結論だった。

八階の窓から覗いてみて分かったのだが、ホテルはまったく断崖すれすれのところに建っているという訳ではなく、そこから斜めに急落していくように岬の先端はまだ海の方にのびていた。そしてその先端のあたりまで細い道が続いている。夕べあの男の言っていたことには意味があったのだ。

とりあえず岬の先端まで行ってみることにした。左右に手すりのついた細い道は観光客が散策するコースになっているようだった。

おれも灰汁もきっちり武器を構えてその道を進んでいった。長い間の戦闘の勘のようなものでどうやらこのあたりで連中と遭遇しそうな気がしていた。灰汁も同じことを考えているらしく、ずっと無口になっている。

おれたちの勘は当たっていた。ただしそれはそれほどきわだって緊張を強いるものではなかった。岬への道の途中で男の死体を見つけたのだ。

うつ伏せに倒れていたそいつは首の後ろから鋭角的な刃物で刺されていてあの網元の若妻の傷跡とよく似ていた。死体の損傷ぶりからいって死後せいぜい三日程度のものだろう。武器は何も持っておらずいかにも脱走兵らしく粗末な身なりのままだった。灰汁はそいつの顔の皮を軍用の竜舌刀《カミキリ》で綺麗《きれい》に剝がし、用意してきた防腐袋の中にいれた。

顔の剝がれた男を見ていると峠の知り玉のことが頭に浮かんだ。

その死骸からほんの少し歩いた先でいきなり崖が切れ、そこから小さな入り江が見渡せた。入り江は細長く、全体が蟹《かに》の爪の形に似ていた。いちばん狭く入り組んだ入り江の奥に何艘《そう》かの船があった。殆どの船は浸水しているらしくあちこち無残に傾いている。そのまわりの水面にどうみても船の形には見えないものがいくつか並んでいた。

「あんなものがここにまだ沢山あったよ」

灰汁が少し笑いながら言った。どこで手にいれたのかいつのまにか小さな望遠鏡を持っていた。そいつを借りておれも覗いてみた。

ここに上陸する前に見かけた水上歩行機と同じようなタイプのものが何体か船のまわりに点在している。なんだか不思議な光景であった。人間型をしているので遠くから見ると漁師が何人か漁船の世話をしているように見える。しかし歩行機は巨大だからその大きさから判断するとそのあたりにあるのはみんな大きな船ばかりのようだった。

「水上歩行機の基地か何かだったのかね」

望遠鏡で眺めながらおれは言った。灰汁は黙っていくらか笑っていた。

「こいつをどこで？」

望遠鏡を返しながら灰汁に聞いた。

「あの男の部屋にあったのさ。竜舌刀と一緒に貰《もら》っておいた」

「じゃあのナイフはあの男のものなのか。新しい軍用の認識番号いりのやつだぞ。そうか。するとやっぱりあの野郎が？」

「きっとそうなんだろう。おれたちはいっぱいいくわされたんだよ」

岬の上の高みから眺めているうちに水上歩行機のうちの一体がゆっくり動きはじめているのがわかった。そいつがあの多肢型の、妙に深く苦悩しているような顔をした奴と同型のものであるのかどうかはわからなかった。けれど確かめている余裕はなかった。

もう灰汁は先にたってその崖のチムニー状になったところを敏捷《びんしょう》な身のこなしで降りはじめていた。

「足場をつくるからそこで待っていろよ」

灰汁が怒鳴るようにして言った。

かなり切り立った壁であったがこういう場所での対応は灰汁にまかせておいたほうがよかった。慎重にやっていけばなんとか降下できるのだろう。

水上歩行機はおぼつかない恰好《かっこう》で浮かび、暫くもがいているように見えた。入り江全体に緩慢なうねりがあり、それによって左右に大きく体を揺さぶられているようだったが、やがて巨人はなにかを決断したようにゆっくりと立ち上がった。そいつの水面での歩きかたを初めて見たが、足を持ち上げるのではなく、フロートごと大きく足を滑らすように進んでいく。じわじわ岸から離れていくその姿を見ていると気持ちは急速に焦ってくるのだがとにかくこの壁をすっかり降りてしまわないと追跡もままならない。灰汁の作ってくれたルートは崖の小さな岩のつらなりを巧みに見定めた足がかりのしっかりしたものになっていた。垂直の降下はわずかなものでやがて崖は斜めに走るバンド地層になり、一気に降下のスピードが増した。

安定したところで再び海のむこうを見ると巨人は予想していたところよりもはるかな先を進んでいた。いつの間にか両手を大きく振って左右のバランスをうまくとっていた。海上を歩いているのではなく滑るように進んでいる。

おれと灰汁が崖の一番下に降り立った時、すでに水上歩行機は蟹の爪型になった入り江の半分あたりまで進んでいた。

灰汁とおれは崖の下の一番大きな岩の上に這《は》い登った。岩の表面に脂がたっぷりついているので何度かずり落ちそうになったがその岩をそっくり海にひきずりこもうとしているようにぎっしり絡みついているジャイアントケルプが丁度いい手掛かりになった。

灰汁は岩の上に大きく両足をひろげて立ち、筒脅しを構えてその照準をつけていた。それからちょっとした気合のような声を出して引き金を引いた。昨夕《ゆうべ》ホテルの中のあの男の部屋のドアをぶち破った時に較べるとなんとも情けないくらいの軽くて甲高い炸裂《さくれつ》音《おん》があたりの空気をいくらか揺さぶり、目にみえるような速さで円筒形をした炸裂弾が飛んでいった。

そいつはゆっくり遠ざかっていく海上の巨人の斜め左側のあたりを白煙をあげながら通過していった。灰汁は筒脅しを二つに折って次の起爆力をセットし、素早い身のこなしで第二弾を装填、発射した。今度はもう少し近いところをよもやという角度で撥《は》ね飛びながらやっぱり何も損傷をあたえることなく通過していった。

灰汁は頭の上のいつもの厚く毒々しくくねり動く脂をたっぷり含んだ曼陀羅雲を眺めていた。装塡する弾はもう終わっているようだった。

ねばつく石だらけの海岸を歩いて入り江の船溜まりに急いだ。どうしてここにこんなに沢山の水上歩行機が残されているのかわからないのだが、それらを見定める必要があった。船はなるほど近くでみるとそこそこ二、三十人は乗り込めるような大型のものばかりで、おそらくそれは昔の回帚船《かいそうせん》のようなものだろうと見当がついた。半没しているそのような船はどうしようもないが、水上歩行機でましなのがあればそれに乗って追いかけよう、というのがおれたちの咄嗟《とっさ》の判断だった。

しかし近くまでくるとそれらの水上歩行機はみんな脂まみれの海の中にあって、回帚船と同じように半没したり、長いフロートを空中に突き出してあおむけにひっくりかえっていたりしてどうにも簡単には手がつけられない状態のものばかりだった。

おれと灰汁は入り江の先を眺めた。海のむこうを不格好に、しかし一目散に進んでいく巨人は、入り江の中ほどからそろそろ蟹の爪先のほうにさしかかろうとしていた。

「畜生あのやろう手を振ってやがる」

望遠鏡を覗いていた灰汁がまた少し苦笑まじりに言った。それから望遠鏡をおれの手に渡し、マヒマヒのように口からピエッと唾を吐いた。灰汁の紫色の顔は漸く回復期に入ったのかいくらかまだらに剝げてきているようだった。

ウポの武器店《ぶきてん》

このくらいまで地形が変わってしまうと、磁気ディスクを使った古めかしいスピンドルスタイルの平面地図など何の役にも立たないということはある程度理解していたのだが、トーノタダオは中々手放すことができなかった。それというのも五日ほど前に思いがけずまだ殆《ほとん》ど使っていないようなそいつの一式物を手に入れたばかりだったからだ。

しつこいオニブズマの群れに身体《からだ》のあちこちを突つかれながら、やっとどうにか登り切った峠の上でトーノを迎えてくれたのは北政府の設置した無人の回転噴射塔であった。回転は停止しており、珍しくまだ誰にも荒らされていなかったので、内部を好きなように漁《あさ》ることができた。北政府の機材倉庫で使われているのと同じ頑丈な掌紋照合式ノンプラミング錠のかかったロッカーを壊し、最初に手にしたのがはじめて見るそのスピンドル平面地図のファイルだった。美術品と見紛《みまご》うばかりの自然彩色が施され、豊富な色区分によって実際に目で見る地形そのもののように描かれている。トーノはその珍しいアナログ表現の地図をしばしうっとりと眺め続けてしまった。

けれども半島の先端を回りきったトーノの目の前に最初に現れた風景は、地図に「点火鳥《とばしどり》の嘴湾《はしわん》」と描かれたものとまるで違っていた。トーノは暫《しばら》く考え込み、どうやら目指す峠を間違えてしまったのだな、と結論づけた。

もともとそのあたりは小さな半島がいくつか並んでおり、そのどれもが北政府による絶対封鎖地区となっていたので、新しい情報が何もない。

目指すべき場所を間違えないためには常に自分のいる正確な場所を摑《つか》んでおかねばならなかった。

もしかすると間抜けなことに峠だけではなく半島をひとつ分間違えてしまったのかもしれない、とトーノは苛立《いらだ》ちの中で考えた。

峠から湾に降りていく小道は夥《おびただ》しい種類と量の植物群がその繁殖をほしいままにしている密生緑群帯だというのに、まだうっすらと歩くべきルートが見えていた。こういう場所には稀《まれ》に搦嚇《からめおどし》の一種が錐刃《きりは》状になった刺繊毛《さしとび》を吹き矢のように鋭く撃ち込んでくることがあるが、人間のような大きな生き物はこちらが裸でない限りたいしたダメージはない。

いくつもくねっていく小道の、ひときわ蔦草《つたくさ》が絡まって大きく盛り上がっている場所があった。よく見ると半分潰れた小屋がその下にあり、蔦草がそれをすっぽり覆った恰《かっ》好《こう》になっている。その先は広い平面状に草が拡《ひろ》がっている。小屋の横に掠《かす》れた看板文字があり、その一部が見えた。地図の中で見たのと同じ古い字体でＰＡＲＫＩＮＧと書いてあった。

少し汗が出てきたのでひと息いれることにした。雲に厚く覆われた空は相変わらずだったが、空気が乾いているので有り難かった。

どっちにしてもこの西側エリアは中央を走る山脈の連なりが、湿って重い脂雲《あぶらぐも》の重層をがっしり受けとめてくれているから比較的乾いた土地が多く、気象状態としては快適だった。

トーノはそこにくるまでの間、復興エリアの東側からやってきたとわかる旅人を見かけると、その度に東エリアの街の様子をいろいろ尋ねた。みんなそれぞれを警戒しているので中々詳しい情報は摑めなかったが、それでも幾つかの話をつなぎ合わせると、東側には長い雨期があって、その時期に降り続く脂雨《しう》のいやらしさは相当なものらしいとわかった。けれども小さいながら一応街の機能は保持されているし、統括政府による管理が厳しいので街を自由に出ることもできず、人々は脂まみれの生活になんとか順応しているのだという。

斜面は次第になだらかになってきたが、その分名前もわからない小道に覆い被《かぶ》さる様々な嘲弄植物の群生が濃くなってきていた。とりあえず用心のためにトーノは靴の側帯溝に隠してある三叉《さんさ》式の掌撃針を鞘《さや》ごと腰のベルトに移した。チキチキチキとけたたましい音をたてて鳥かと思うぐらいの巨大な羽根頭《はねがしら》の仲間がトーノの行く先をからかうようにして跳ね飛んでいった。北政府の作った悪名高い〝知り玉〟はこの羽根頭をモデルにしたものだというが、トーノは知り玉をまだ見たことがない。どちらにしてもそいつは人が沢山住んでいて、ある程度〝街〟が機能している場所でないと存在する意味がないのだから、トーノには知りようがなかった。

小さなコルを回り込んだところでいきなり草色のケープをまとった若い女と出くわした。

その瞬間お互い同じくらい飛びのき、同じくらいに驚いたので、それがかえって可笑《おか》しく、すぐに緊張を解いて両者で笑いあうことができた。

娘はいい笑い顔をしていた。最初のうちは少々聞きづらい言葉であったが、暫く話すうちに、その近くに娘の住んでいる集落がある、ということを知った。さらに驚いたことに娘は何の躊躇《ちゅうちょ》もなく、トーノをそのまま自分の集落に案内しようとするのだ。

混乱し破壊され尽くした西海岸のかなり長い距離を流浪してきたトーノは、至る所で人間たちの小集団と出会い、その悉《ことごと》くが裏切りと殺戮《さつりく》によって破綻と再集合を繰り返しているのを見てきた。

そしてそれらの集合体はどのような場合でも正体の知れない旅人を警戒し、でき得る限り接触を避けようとしていた。

この女は、頭がおかしいのかもしれないぞ——。トーノは無防備に背中を見せて先に立って歩いていくその女の背後で考えていた。

狂人も旅の間至るところで見てきた。巨大なイエローウッドの根穴の中で糞尿《ふんにょう》とともに裸で絡み合う十数人の男女の固まりは、そのおぞましさに気持をはぐらかすことが出来ず、引き返していって、数発の火焔弾《かえんだん》を放り投げイエローウッドごと燃やしてしまったことがあった。
どんな形で何が現れてくるかわかりはしないので、トーノは用心しつつ、深い草の繁《しげ》る斜面を娘の後に続いて素早く下っていった。

何で作られているのかわからなかったが、心地のいい草の匂いのする厚い布で覆われた、ゾルガと呼ばれる三角屋根だけの住居の中は快適であった。けれどトーノは最初の数日、これは絶対に騙《だま》されているのだろうと思い、用意された寝具の上に寝ることはしなかった。夜中になるとそこから少し離れた草の中で海鼠合羽《なまこがっぱ》を被り、丸くなって眠った。けれど、そのような用心をしても、住人たちは一向に夜更けにトーノを襲うようなことはしなかった。そこの住人は三百人ほどがかたまって生活しており、大きさは異なるもののそれぞれが三角形のゾルガで暮らしていた。人々は皆同じような風合いの生地の薄いケープを纏《まと》い、常に微笑《ほほえ》みを絶やさずに信じ難いほど静かに優雅に日々を送っていた。トーノは彼らの主食にしている親指大の細かい房が沢山重なり合った青い果実のようなものと、子供の頭ほどもある、彼らがヌクと呼ぶ根芋のようなものをあてがわれ、それを有り難く食った。やがてトーノも用心を解き、コミューンの中を自由に歩き回るようになった。人々はそんなトーノを珍しがる訳でもなく、やはり静かにやわらかい笑顔で見つめ、羽根頭が舞い降りるような仕種《しぐさ》でケープを持って両手を広げ、トーノに挨拶をするのだった。そしてトーノはあちこちくまなく歩き回った結果、コミューンのどこにもただの一つも武器の類が無いことを知った。

毎日がまったく静かで穏やかなものだった。ゾルガの中で横になっていると最初に出会ったあの娘が毎日トーノに食べ物を持ってきて黙って日向《ひなた》のような笑顔とともに去っていった。トーノは次第にこの集団の中で静かに平和に暮らしていくのも幸せなことであるのだなという気持になっていった。

このコミューンにきて数日たったある晩に、トーノはいつも日向のような微笑を浮かべているあの若い娘をゾルガの中に誘い込み、唇を吸って押し倒した。娘は一向に抗《あらが》う気配を見せず、やはり柔らかい微笑を浮かべたままトーノにそっくり身体をあずけた。

けれどトーノはその数分後に娘から身体を引いた。ケープを解いてまさぐったのだが、トーノの求める女のありふれたものに触れることが出来なかったのだ。

やがて思いなおし、体の向きを変えてゾルガの入り口のあたりに娘の下半身を拡げ、子細に眺めてみたが、やはり手で触って感じたものと同じで、そこにはまったく何もなかった。性の痕跡もない女などいるのだろうか？

娘は微笑したまま薄目になって、トーノの体にその何もない腰を擦《こす》りつけ、つぼまった唇を開くとぬめりぬめりとトーノの首筋のあたりをしきりに舐《な》めなぞった。トーノはゾルガの端に身を引きながら、娘に聞いた。

娘はこのコミューンに住む人々は皆自分と同じなのだとやわらかい笑顔のままそう言った。

翌日トーノはそのコミューンを出て海岸沿いを更に南下していったが、コミューンのことについてはあまり考えないようにした。旅の間にトーノはいろんな土地で今度の戦争の被害に依《よ》る様々な惨禍や変異体を見てきたが、あのように静かで柔らかいミュータンツの集団と出会ったのは初めてであった。あれだけの人数の共同体なのに子供が一人も見当たらなかったということをトーノはその頃になって漸《ようや》く思いおこしていた。

草のある斜面を避けて海岸沿いを歩いた。海流が止まっているので殆ど波のない磯辺《いそべ》には西海岸特有の婆娑羅《ばさら》海藻が幾層にも重なっているので、その腐臭がしだいに酷《ひど》くなってきていた。こういう腐れ藻の中にも逞《たくま》しく繁殖する磯長須《いそながす》などがいて、トーノが歩いていくと、そういう沢山のぬらぬらしたものが慌てて腐れ藻の中に隠れる。海洋エリアの汚染対策か何かに使われたのだろう漏斗型をした赤く巨大な殻のようなものの中に逃げ込んだのは、猫ぐらいの大きさをした、それよりもだいぶ足の沢山ある何だかわからないものであった。破壊された小さな桟橋の傍らにフロートの足をつけた人間型の水上歩行機が両膝を折り、重く雲の垂れ込めた空に向かって祈るような恰好をしたまま静止していた。少し前に斜面の上から眺めた海は、沿岸部分だけの油膜汚染で済んでいるようだったが、小さな岬を回ると、汚染帯は一気に沖にまで延びていて、海のひろがりはすっかりどこまでも黒褐色となり、その動きを完全に止めていた。

同時に海風も止まり、鼻の奥が痛くなるような腐敗臭が漂ってきた。どういう目的でそうしたのか見当もつかなかったが何かの理由で正確に十数メートル間隔でギザギザに切り込まれた断崖の下を通り、小さな入り江を回り込んだところでいきなり巨大な建物を目にした。その位置と形からみてベイサイドスタイルのリゾートホテルに間違いなさそうだった。

一階部分にヘリコプターの噴射ノズルから吹き付けられたらしい政府封鎖を示す警戒彩色がいかにもぞんざいに施されてはいたが、そんなものとはまったく関係なく客室部分が火薬性のもので破壊され、すでに存分に荒らされていた。

トーノはとりあえずかつてのプールの跡らしい場所から建物の中に侵入していったが、人の気配は何もなかった。当てずっぽうに三階あたりから幾つかの客室を見て回ったが、思ったとおりみんな悉く荒らされていた。それでも窓の割れていない部屋であったら、埃《ほこり》を取り払いベッドのスプリングの上での睡眠はなんとかかなえられそうであった。幾つかの部屋にはそうして泊まっていった者の痕跡があった。

トーノは十一階の端の方の部屋で思いがけずまだかすかに粒振微弱エネルギーを保っている機動歩兵用のエアノズルのついたでか頭《チキンガード》（双方向通信装置付き戦闘ヘルメット）を見つけた。複数の残存静止衛星を使ったＧＰＳナビゲーション照準のできる比較的新しいタイプのものだ。

洗面所のバスタブの中に服だけが、人間の座っている形そのままに残っていた。間抜けな風景だった。

トーノはチキンガードを被り、耳覆いの内側にある集中操作盤をさぐった。双方向情報チャンネルはすべてぱちぱち弾《はじ》ける空電の音だけであったがナビゲーションのＧＰＳの信号だけは僅かに摑めるようだった。

どの電波を摑まえたのかさっぱりわからなかったが、とりあえず頭の上の三つの衛星にこの息も絶え絶えの小さな受信機が健気《けなげ》に反応してくれたわけだ。トーノはマイクロ化されたコンソールパネルを慎重に操作し、間もなく目下の自分の位置の正確なところを摑んだ。

有り難いことにトーノのルート選定に誤りはなく、目的の場所まであと数時間というところまでやって来ていることを知った。

トーノはふと思いついてバスタブの栓をひねってみた。はじめからわかっていたが、湯も水も出るわけがない。どちらの栓もカラカラ虚《むな》しく回っていた。そうなるとこの部屋にいた男は、いったい何のために服だけきちんと丁寧にバスタブの中に人間の形にして並べていたのかよくわからなかった。まあ旅をしていると考えてもわからないことに沢山出会う。

トーノはまた南に向かって歩きだした。

胃袋返しという名称は、そのあたりに駐屯していた昔の警備兵がつけたものだろうけれど、行ってみると警戒エリアに入っただけで確かに反吐《へど》が出そうだった。海岸寄りの道路は見え隠れにまだ残っていたが、たびたび重量兵器を移送していたためなのか、キャタピラの跡が凹凸軌道のようにはっきり刻まれており、そのいたるところに陸の土養分をとりこもうと海から大きくのしあがり、崖の上に折り重なる巨大な粘着ケルプの積襲大群があった。それらは陸に近づくにつれて次第にうねりの重層が大きくなっているから、黒褐色をした巨浪がそのまま停止したようで、静かに猛々《たけだけ》しく奇妙に不安定な風景だった。

けれども彼らは確実に崖の上の痩せた植物帯に侵入しつつあった。唯一抵抗しているのは龍根を地下深く張りめぐらせている磯巻舌《がしがし》の仲間と、分離した根株が全部親子で繋《つな》がっているフキモドシの一群のようで、このあたりは最前線にいるフキモドシが、その喇叭《らっぱ》型をした葉柄筒《ようへい》の中から伸びている長くて厚みのある刺繊毛《さしとび》をいくつもコイル状に絡ませ、侵入してくるケルプを激しく打ちすえていた。ケルプどもはそれをものともせず、緩慢な動きではあったが、確実に陸への侵攻を続けているようだった。

濃脂《のうし》の固まりがまんべんなく浮かんでいる流れの止まった小さな川がでか頭のGPSで仕入れた最初の目印だった。川の幅に較《くら》べたら結構規模の大きい土手が両側に続いているので以前はこの川ももっと大きな流れだったのだろうと判断できた。

最近だれかが拵《こしら》えたらしい鉄骨廃材のようなものを束ねた橋が無造作にかかっていた。そのあたりまでくると臭気は急激にきつくなり、トーノは咳《せ》きこみながら慌てて用意してきた簡易式ノーズガードを背嚢《はいのう》から取り出し、それで鼻と口を覆った。軍用の防毒マスクより簡便なつくりの吸入弁がある。その前後には再活性しやすいように針状結晶化した合成抗臭炭素や消臭釈解剤などがびっしり入っている。標準気圧で七五〜八五パーセントの除臭効力がある、というのが売り屋の説明だった。そいつをつけてみると、なんの吸引助力装置もないので、空気は自分の肺で吸い込まなくてはならず、予想していたよりもはるかに息苦しかった。しかも臭気のほうはそれによってさして軽減されたようには思えなかった。

脂で足元が滑るのでひどくあぶなっかしい橋を渡り、上流にむかっていくにつれて悪臭はさらに酷くなっていった。臭気が関係しているのかあるいは別のなにかが要因なのか判然とはしなかったが、目と頭が急激に痛くなってきていた。特に目の痛みは強烈で、視界が狭まり、その周囲に炎が踊るような揺らいだ視野狭窄《きょうさく》と飛蚊《ひぶん》症状が同時に現れてきていた。もしかしてこのノーズガードにそれらの症状の原因になっているものがあるのだとしたらこれほど間抜けなことはない。少し迷ったが、思い切って外してみた。

すぐにそれが失敗であることが分かった。ほんの僅かな時間に外の空気は一変していた。最初にモロに吸い込んだその一撃で頭と胃のあたりの神経が完全に麻痺《まひ》したようであった。空気の中に棘《とげ》のついた胞子が沢山混入している感じでもあった。咳き込みがきて胃が応急処置のように反応し、強引な吐き気となった。涙が流れ膝のあたりの力がなくなりつつあった。

のそのそした動作でトーノは片手に持っていたノーズガードを改めて自分の鼻と口にくくりつけ、吸い込みの重い空気を何度か必死に喉の奥に引き入れた。七五パーセントはとても無理だろうがいくらかでもそいつに除臭効果があるらしいということがわかり、それは嬉《うれ》しいことであったが、基本的な息苦しさは変わらなかった。

トーノはかつて攻撃用クロカロイドや熱崩性ジメチルシアンを重積装塡した滑空砲弾が、誤って味方の塹壕《ざんごう》の中に落ち、ゾル化して激しくあたりに爆裂気泡をまき散らす中、チキンガード無しの丸腰で這《は》い回りながらなんとか封鎖口を突破した時のことを思いだしていた。あのような状態に較べたら、こんなものまったくどうということはないのだ。

けれどもっと単純な問題があった。脳髄を直撃する凄《すさ》まじい臭気からはいくらか逃れることは出来ても、このまま歩いていくと酸欠症状に追い込まれていくのは確実のようであった。毒性流動体には耐えられても呼吸ができなければ体は次第に動かなくなっていく。あとどのくらい歩いていくことができるのか不安になり、さっきの湾の入り口に戻ることを真剣に考え始めた頃、赤黒く揺らぐ視界の中に、漸くそれらしい目的の家が見えてきた。

一面に脂垢《しこう》のついた波型壁でがさつに囲っただけの倉庫のような建物であった。思った以上に頑丈かつ狡猾《こうかつ》に作られているようで、入り口を探すためにそこを何度も回ってみなければならなかった。

その家の回りには、なんのためにどんな状況の時に使われたのか見当もつかない巨大な回転台車の可動骨格や、ひしゃげた八脚式装甲車、半分壊れたままの螺旋《らせん》アーム、何かの機械を囲ったらしい球状殻などが乱雑に置かれていた。

屋根には三角尾翼のついた古めかしい小型ミサイルの輪胴が斜めに突き刺さっている。まるで不発弾をくらったような形だが、よくみるとその尾翼の先から黒と白の縞々《しましま》に混ざった細い煙が上空にまっすぐ伸びていた。初めはこの家が燃えはじめているのだろうか、と思ったが煙の量はずっと変わらなかった。この家の中にたしかに誰か住んでいるらしい。

いつの間にかさっきよりも臭気が薄れてきているような気がした。頭の痛さと視野狭窄の症状が消えつつあった。恐る恐るだったが、ノーズガードを少しずらせてみた。あの物凄《ものすご》い臭気の直撃は怖かったが、それにもましてもっと濃い空気を一刻も早く肺の中に入れたくてたまらなかった。空気が入ってくるのなら少しぐらい臭気で気がおかしくなってもいい、という気分だった。有り難いことに本当に臭気は薄れてきていた。地形かなにかによって臭気の層の濃淡があるのかもしれない……。いくらか思考能力を回復してきた頭でトーノはそんなふうに考えた。

入り口をやっと見つけた。十年程前に一般家庭のサバイバル用として全国各地で作られていた熱寒衝突融媒を使った空気洗浄タンクがあぶなっかしく山と積まれている端のほうに小さな隠し戸のようなものがあった。宇宙機のコックピットのような頑丈な加圧錠を備えている。

来訪を告げるための装置は何処《どこ》を探しても無かった。仕方がないのでトーノは手の拳《こぶし》でそれを叩《たた》くというもっとも古典的な方法をとった。やはり応答は何もなかったがトーノは戦場でのながい間の修羅場の勘でわかっていた。そのすぐ内側のどこかしらに設置してある透過レンズの向こうで、さっきから誰かがじっとこっちの様子を窺《うかが》っているのだ。トーノは屈《かが》んで軍用靴の硬軟両用に重ね加工をしてある厚い切削踵《しょう》の隠し穴から三本の鈍く光る寸門陀羅《すもだら》棒を取り出し、それを扉の前で左右に振ってみせた。顔付きはできるだけ善良そうな笑顔をとりつづけたがノーズガードをつけているのでどこまで効果があるのかはわからない。かなり長い間そのままの状態が続いたが、やがて、そうかしょうがねえな、とでもいうようなタイミングでカシャリと継電器の外れる音がしていきなり扉が開いた。近距離放熱感知式のカンノン銃のようなものがドアの上から強引な放物線を描いて音もなく降りてくると、外に立つトーノの頭の近くにその喇叭型の筒先をむけ、唐突に停止した。その下に猫背の小柄な男が立っていた。

老人のように見えたが工兵隊員が使うような筒目ゴーグルをかけているので確かなところはわからない。ほしいものがあって長い時間をかけてここまでやってきた、ということをトーノは丁寧にゆっくり言った。トーノの北部アクセントが通じるかどうかは一種の賭であった。筒目が何か言った。よくわからない言葉であった。トーノが首を傾《かし》げる。筒目はまた何か言った。低い声なので意味よりも声そのものが聞こえない。よく聞き取ろうと体をかがめ、半身を入り口の中に入れようとすると、頭の上で微小機械が動く音がしてカンノン銃がトーノの頭にぴたりと密着した。この距離で撃たれでもしたらトーノの頭蓋骨は破片も残らない。

トーノは体をもとの位置に戻し、両手を前に差し出して静かに広げ、何も危害を加える意思はないのだ、ということを告げた。

「なにが欲しいんだい？」

筒目が言った。何故《なぜ》だかわからないが急に言葉が通じた。

「中に入れてもらえないかな。このあたりの空気に慣れていないもんでね」

部屋は加圧されていて強力なピンデロンの匂いがしていた。なにかの空気濃度の調節機械が働いているらしい。

「脱走兵じゃあないのか？」

「そんな勇気はなかったよ。停戦放逐されたただの元徴用歩兵だ。自由になったのでクニに帰るところなんだ。もっともまだクニがあればの話だけど……」

トーノはその証明となる顎の下の埋め込み認識メタルを素早く見せた。勝利して生き延びた時この証明でかなりの褒賞金を貰《もら》える契約になっていたのだが、戦争はいたずらに長引き、結局どっちが勝ったのか負けたのかわからないうちに疲弊収斂《しゅうれん》のかたちで終ってしまった。双方の損害損傷がひどくて、どっちにしてももうこれ以上やっても意味がない状態になっていた。人間どもは少なくなりすぎたし、生き残ったやつもこのあとどこでどう生きていったらいいのかわからなくなっている。

けれど筒目はトーノのそんな話には何も関心は示さず、数歩後ろに下がるとゴーグルの内側レンズの調節リングのあたりを素早く操作した。左右の円筒の先端に微《かす》かに赤い光が走った。トーノは反射的に後ろに遠のき、腰を下ろすのと同時に左の軍靴の隠し鞘《ざや》から三股《みつまた》になった掌撃針をひっぱりだした。

「やめな。ここにはＭＤがいくつもあるんだからな」

筒目が憎らしい程落ちついた声で言い、トーノは慌てて天井や壁を見回した。部屋の中は様々な小型火器や、かつてそういうものであったらしいものの残骸でみちあふれていた。MDがどこに隠しこまれているのかはわからなかった。筒目がまたゴーグルのリングを動かし、筒先の赤い色は消えた。筒目がゴーグルをいじるのは何かの攻撃の為ではなく、どうもそれは北政府軍の暗視装置と同じような仕組みのものを調節したのにすぎないようであった。焦って攻撃し、MDにやられなくてよかった、とトーノはひそかに自分の今の狼狽《ろうばい》ぶりを恥じた。

筒目はゴーグルの先端レンズで用心深くトーノを見ていた。こんな環境のところに定住しているのだから浸食性の網膜白濁症か、少し前に西海岸の汚染地帯で猛烈に蔓延《まんえん》したという突出性赤糜爛《あかびらん》になっている可能性があった。

「で、何がほしい?」

筒目は口をすぼめ、その内側で舌か、あるいはかみ合わせの悪い入れ歯を動かしたようだった。

「月を撃ち落とせる弾はないかね」

「七十年だか八十年前のNASAに行きな」

筒目の答えはつまらなそうだった。

「落としたいのは偽《にせ》の月だ。脂雨ばかりの小さな町の夜を動いている。有効射程距離五、六キロ。二重爆破のできる有翼タイプのやつを捜している」

「随分小さな月だな。一人で撃ちたいのかい？」

　トーノは頷《うなず》いた。

「一人で担いでいけるやつだ。熱もしくは赤外線誘導装置があると助かる。自分で標的を探して勝手にぶつかってくれるやつだ」

「横着な戦争だな。間抜けな恋敵でも殺《や》るのかい」

　筒目は案外余計な事を喋《しやべ》る男のようだった。トーノはそのつまらない冗談には取り合わず黙って頷き、この額の範囲で、ということを示すために掌《て》の中の政府刻印の入った三本の寸門陀羅棒を見せた。

「熱誘導か。相当に古いものになるな。かえって高くなるぞ」

「かまわないよ。これで足りるならな。ただし試し撃ちをしたいがね」

　今度は筒目が頷いた。


　筒目が貸してくれたノーズガードは小鼻の上から顎の下までを覆う極めて精度の高いものだった。使い捨ての交換微粒子のカセットを装塡し、超小型の空気圧縮システムを作動させると口から少し離れたところにある吸入バルブから綺麗《きれい》な空気が入ってくる。息苦しさはまったくなく、しかもそれをつけて普通に話ができた。

筒目は見たほどには年寄りではなく、何かの事情で外見だけひどく老けてしまったようだ。推測はあたって話しかたがずいぶん若く動作も軽快であった。

川沿いの黄土が剝《む》き出しになった土手を上流に向かって歩きながら、筒目はこのあたりの臭気は大気の循環と時間によってその濃度が見えない大きな縞模様のようになって動いている、ということを教えてくれた。

結構あっさり倉庫から見つけだしてきたそいつはいかにも歴史を感じさせるずしりと重い硬質合金性の突撃砲であった。伸縮カタパルトのついた肩当て式の架台はジャイロ安定装置がついており、肩に担いで腰を降ろし、手動目線指令で照準を合わすこともできるし、赤外線探知で目標追従と修正ができるようになっていた。埋没式の小さな翼のついた涙型の砲弾は、モロに旧式の火薬ロケットで推進する。考えていたものよりもはるかに重かったが、これできちんと発射できたらとりあえず文句はなかった。筒目はそれを骨組みばかりで出来ている奇妙な形をした自走跳ね車のようなものに乗せてはこんできた。

脂の輪が折り重なっていくつもの鈍い色を放ち、すっかり固形化しているような川を眺めながら歩いていくと、突然川面《かわも》に大きな脂の飛沫《ひまつ》がぼこりと重そうに弾け、いくつもの黒褐色の円盤状のものが浮かび上がってきた。そいつは浮上すると、真ん中のあたりがふいに丸く大きく膨れあがって汚らしく唐突に裂け、そこから同じ色の泡を連続していくつも放散した。初めて見るわけのわからない不思議なものなので、立ち止まって眺めていると、筒目は服の前をめくって立ち小便をはじめた。いきなりえらく不用心になってしまったんだな、と驚いたがよくみると小便をしながら腕組みをしており、トーノのほうに向いて脇の下に小さな銃口が見えた。そういう用心深いものを見るとトーノはかえって安心した。

「あれで生き物かい？」

「まあそうだろうな。ここにもう少し人が住んでいたときはみんなあれをノメリコと呼んでいた。くそ袋という意味だよ」

「わかり易《やす》いな」

「ああして臭いガスばかりこしらえているろくでもない奴《やっ》だ。今はこのあたりにはあんなのしかいないよ」

「ここらの臭気はあいつが原因なのかい？」

「そうじゃあない。あんなのはたかがしれているよ。戦争でここらの生き物がみんな死んじまったのが大きな原因らしいな。海がそれによってポリマーの膜で閉ざされちまったからな」

「この市の三十万人だかがいっぺんに殺られたというのは本当かい？」

「本当だよ。ＧＰ２がばらまかれたんだからみんな死ぬよ。たまらないだろうな。骨だけが溶けちまう薬なんだからな。人間だけじゃなくて背中に骨のあるやつはみんなその場で全部死んだんだよ。でも骨が溶けていく短いあいだ、脳はまだ残っているから『これはいったいなんなんだ』という顔をして崩れながら死んでいったやつもいたらしい」

「そのへんは作り話だろう。でもいやな話だな」

「生化学戦争にいい話はないよ」

川が大きくカーブしているところに出た。曲がったその先に高層階のコンクリートづくりの建築物がいくつも並んでいるのが見える。この町に人がいっぱい住んでいた頃、こんな建物の中に人間が住んでいたのだということは聞いて知っていたが、そこから見る夥しい数の建物の連なりは見たかぎり何の損傷もない。そのぶん何か間抜けな冗談を見ているような気がした。

「あのあたりが昔の距離でいうと丁度五、六キロというところだ」

筒目が片手でゴーグルのレンズを調節しながら面倒くさそうに言った。

トーノはロケット砲弾の尾部に収まっている小さな姿勢制御翼を四枚引き出し、起爆装置のロックを解除した。それからノズル近くについている二脚の俯刑《ふけい》機構を使ってカタパルトを安定させ、砲弾を噴射台のスライド盤に収めた。

暫く息を整えた後、目測照準でビルの一つに狙いを定め、発射管の底部から突き出ている勾玉《まがたま》状撃鉄を引いた。ここちのいい収縮炸裂音《さくれつおん》と白煙を残して、ロケット弾は飛んでいった。

店に戻ると筒目は浄化された冷たい水を出してくれた。

「せっかくの好意に悪いが一応試していいかい。癖になっているんでね」

トーノは背嚢の内袋から広範囲カバーの増感試粒をひっぱりだし、その数粒を水の中に落とした。異常はないようだった。

「ついでに食っていくかい」

筒目がこれもひさしぶりに見るような木製の箱を持ってきた。中には戦闘食の大型カリ球や塩餅のようなものにまじってほんの少し前に見たことのある食べ物があった。親指大の細かい房が沢山かさなりあった青い果実とヌクという芋である。どちらもここにくる途中に暫く世話になったあの不思議なミュータンツのいる集落で毎日食っていたものだった。そこでトーノは旅人が誰かに世話になったときにかならず置き土産《みやげ》がわりにするそんな体験話をした。

「そうかやつらまだ元気にやっているんだな」

筒目が珍しくその話にすぐ反応した。

「知っているのかい？」

「戦争が激しいころはやつらも武器のひとつだったからな。結構高い値段で売買されていたんだよ」

「今は？」

「今はもうどうしようもない。ただぼんやり生きていくだけしかないんだろう。だけどやつらにとってはいちばんいい時代かもしれないな」

水を少し余分に買い、暗くなってからそこを出発した。夜のほうが臭気がいくらか収まる、と聞いたからだ。それでも海岸沿いのあと十五キロほどは危険地帯だというので新しいノーズガードも買うしかなかった。筒目はやはりしたたかな商売人だった。

店を出るときに筒目の名前を聞いてみたのだが、言ってもしょうがないから、と笑うだけだった。筒目が笑うのを見るのはそれが初めてだった。まあやつの名前がわかってもこっちもしょうがないのだろうな、とトーノも思った。くそ袋のいる川の名前はウポといった。どんな文字を書くのかはわからない。

遠《とおの》灘《なだ》鮫《さめ》腹《はら》海《かい》岸《がん》

丹野充郎《たんのみつろう》が鮫腹《さめはら》海岸にワゴン車を乗り入れたのは昼食をとるためで、街道沿いに駐車するとすこし歩かなければならなかったからだ。

よく晴れていて、海からの風はもうすっかり春の気配になっていた。戦争中に壊されたまま補修が間に合わなくてところどころに大きな陥没もあったが、殆《ほとん》ど誰も走っていない旧国道の呻吟《しんぎん》街道をひたすら北へ向ってどこどこ突っ走っていくのはなかなかいい気分のものだった。呻吟街道の道の端に「鮫腹海岸入口＝絶景」と大きな看板が出ていたので慌てて左折したのだが、海岸へ出る道は固い赤土のくねくねした下り坂で、いくつかの轍《わだち》の跡があった。このあたりを通る車はみんなこの海岸へ寄っていくのかもしれないな、と気づき丹野はすこしおかしかった。左右に背の高いイモギク科のセイタカオニワライの群落があり、海からの風にわらわらと沢山の枝葉を踊らせていた。

ものの数分で左右の草木が切れ、目の前に雄大な海と白砂利の海岸が広がった。

海岸にも人の姿はまったく見あたらず、その先に蒼《あお》くつらなる海は殆ど静止しているように見えた。海風はあってもうねりや波のないおだやかな海を見るのは久しぶりだった。

丹野はなんとなく一人で笑い、海に出るまで昼食をとるのを延ばしていたのはまさしく正解だった、とひとりごちた。

丹野の住んでいる舌頭《したがしら》の町から遠灘《とおのなだ》のそのあたりまでは七十キロほどの距離があった。もともと経済の発展からずっと置きざりにされたような半島の西側であったが、北政府によって頭覆《つむかぶり》山脈の端のあたりまでそっくり国を分断されてしまったので、街の人々は殆ど南へ集団で移動してしまった。丹野は途中小さな町をいくつか通過したが、そのうちの半分は無人の廃墟《はいきょ》となっており、商店のある町は結局二箇所しか見つからなかった。しかもそのうちのひとつ、亀根町のセブンイレブンは、いま店に並べてある品物が売れたら店じまいをする、という話で、動物油脂製品をセールスに行った丹野に、猫背の陰気な店主は逆に箱入りのラッピング材料を売りつけようとするしまつだった。

それでも丹野はワゴン車用の軽油を町値の二割安の料金で一缶買い、自分の商売にはならなかったが、なんとなく得をしたような気分でその町を離れたのだった。

亀根町から鮫腹海岸までは見事に何もなかった。道路のところどころでふいに出会う陥没を注意しながら走ってくるのだから、時速二、三十キロほどのスピードしか出せなかったが、たっぷり二時間走ってまったく人や町に出会わないのだから気分はすっかり鬱屈したものになっていたのだ。

目の前の蒼すぎる海原は、丹野のそんな気分をときほぐしてくれるのに充分な力をもっているようだった。空腹ではあったが、ダッシュボードの中には辛子のたっぷりきいている大豆ソーセージのサンドイッチが入っていた。

「まあ、しかし今日のところはそれでもいいだろう……」

丹野は再びひとり言をつぶやきながらワゴン車を白砂利の海岸に入れた。すこし車輪をとられるかもしれなかったが、丹野の軽ワゴン車はその程度の砂利の上だったらうまく騙《だま》して走っていく筈《はず》だった。

もう戦後このかた自動車の生産はまったく行なわれていなかったから、丹野はそのワゴン車を宝のように大切にしていた。丹野のワゴン車は戦後どさくさ時の北政府進駐を前に、おどり豆の二重売りで儲《もう》けた金をつぎこみ、やっと手に入れたものだった。

海岸の白砂利の上にもうっすらと轍の跡があった。この気分のいい海岸にくると、みんな波打ち際まで行きたくなるのだろう。丹野のやっている移動売買屋もこう人がいなくては商売にならなかったが、汚くてごみごみした街から逃れられるのは嬉《うれ》しかった。

海岸に入って五十メートル程は何の問題もなかった。ぱらぱらどはどはと車体の下ではじける砂利の音がここちよく響き、左右にひろがってくる広大な海岸の風景は丹野の少々疲労過多気味の神経にゆったりとやさしかった。

五十メートルほど走ったあたりでいったん車をとめ、サンドイッチをたべるにはどのあたりが一番いいだろうか、というようなことを考えた。うっすらと残っていた轍の跡は、そのあたりで消えてしまったが、白砂利の海岸はどこも同じような平坦《へいたん》な広がりなので、迷ってもあまり意味がないということに気がついた。

それでも車の左手にわずかにふっくらとした起伏があって、その上にあぐらをかいて海を眺めながらサンドイッチをたべる、という状況がまことに魅力的であるように思えた。

丹野はアクセルを踏み、車を左に回した。ぱりぱりちゃりちゃりとタイヤが砂利を跳ね飛ばし、車体の底にぶつかる音がにぎやかに聞こえた。けれど丹野の車は動いていなかった。前方には動かず、すこし車体が後ろに沈んでいるようだ。

軽自動車の車輪が砂利を跳ねとばし、空転しているのがわかった。小さな舌打ちをひとつして、丹野はギアをバックに入れた。すぐにアクセルを踏む、といきなり後部車輪がきゅるきゅるきゅるとカン高く激しい音をたてて、さっきよりももっと速いスピードで空転している。同時に丹野の車はさらに後部に傾きながら地面に沈んだ。

「ちっちっ」とさっきよりも大きな舌打ちをふたつして、丹野は運転席のドアをあけた。車体の下から排気ガスと一緒にゴムの焦げる臭いがツンと流れて鼻先に通りぬけた。

その時丹野は自分が大事なことを忘れているのに気づき、思わず頭のてっぺんのあたりを平手でぺたりと叩《たた》いた。丹野の軽ワゴン車は四輪駆動になっていた。いたずらに車輪を空転させる前に、早く四つの車輪に駆動力を与え、それで脱出すればよかったのだ。

こういう砂利にはまった時は、車輪を空転させればさせるだけ車輪の下の砂利が跳ねとばされて下に沈みこんでいくものなのである。

丹野はぬらりと舌を一回転させて自分の唇の周囲を舐《な》め、四輪駆動のギアを入れた。今からでも遅くはないだろう、と思った。シフトレバーを前進に戻し、静かにアクセルを踏んだ。きゅるきゅると低くて重い擦過音がひろがり、車体がすこし前後に揺れた。なんとなくいい具合になっていきそうだった。アクセルを踏み込むと、さらに車体の揺れが大きくなった。砂利がいくつも車体の下の堅いシャーシに当り、ごんごんごんと重く力強い音をたてた。

「うーん、ちっちっちっ」と、丹野は唇を「イ」の発音状にわずかに横に拡《ひろ》げて舌の先端をのぞかせ、たて続けに舌打ちをした。前進が駄目なら今度はバックだ。車体はさらに揺れ、また大量の砂利が周囲に跳ね飛んだ。

さっき後方に大きく傾いて沈んでいた丹野の車は、今の一連の動きで元の水平に戻ったようだった。しかし同時に丹野の車はさっきよりもまたいくらか深く砂利の中にめり込んでしまったようだった。

ドアを開けると、ドアの下端が砂利にぶつかって、すっかり開けきれなかった。

「まったくこれはなんてこったの話だろう……」

丹野はぶつくさつぶやきながら、すこし体をくねらせるようにして狭い隙間から擦り抜けて外へ出た。

思ったとおり、今の一連の前と後の空転で丹野のワゴン車は車体の端が砂利すれすれまで潜っていた。

もうこうなってしまうと、どんなにパワーのあるエンジンで車輪を回転させても、そのままでは脱出することが不可能である、ということがはっきりしていた。

丹野は再び外に出てあちこちで腹這《はらば》いになり、車体の下をのぞいて回った。

何か滑り止めになるようなものを見つけてきて車輪の下にあてがえば、そこをタイヤが踏みしめて動き出せるかもしれなかった。

丹野は再びぺたぺたと自分の頭のてっぺんのあたりを片手で叩きながら、白砂利の広がる海岸を歩き回った。砂利の海岸は、巨人の箒《ほうき》で掃き清めたように見わたすかぎりぎらりと白く広がっているだけだった。

そこから波打ち際までは、また五十メートル程の距離があった。そのあたりまで行けば浜辺に打ち寄せられた漂着物などが見つかるだろう、と思った。

遠くからみるとまるで波もうねりもないように思えた海も、波打ち際あたりまで行くと小さいながらもけっこうきっちりとした寄せ波が浜辺をくりかえし叩いていて、そのあたりは白い砂利の粒々がかなり小さくなっているようだった。

浜辺には、思ったとおり沢山の漂着物がころがっていた。

一番多いのは流木のたぐいで、板状のものから、流された立木が永い間に枝葉を波に削《そ》がれて丸太のようになったものまで、いろいろな形状のものがあった。

丹野が捜しているタイヤの滑り止めになりそうなものも、いくつか見つかった。いかにも有効そうに思えたのは、漁師の使っている漁網がぶち切れになったようなものだった。すこし前にこの浜の近くの定置網か何かが破損して流れたりしたのか、波打ち際を歩くと、同じような漁網の切れ端がいくつも見つかった。

それらを両手に抱え、いくらかホッとする思いですぐに車に戻った。腹這いになって覗《のぞ》き込むと、軽ワゴン車の小さな車輪のひとつひとつは、すこし前に丹野が浜にむかう時見た状態よりもまたいくらか埋《うず》もれてしまっているように思えた。しかしよく調べてみると車体が沈んだのではなく、周囲からさらに砂利が大量に落下して車輪だけもっと埋まってしまったらしい、ということがわかった。

丹野は慌《あわただ》しくワゴン車の周囲を動き回り、ひとつひとつ車輪の前に漁網の切れ端を敷いていった。エンジンから直接加わってくる激しい回転力は、ちょっと車輪の前に漁網を敷いたくらいでは、すぐにはじき飛ばされてしまいそうなので、ひとつひとつ両手で丁寧に砂利を掻《か》き掘って、その空間に力ずくでたっぷりと漁網を押し込んでいった。

ひととおりの作業が終った頃には、汗で濡《ぬ》らしたワイシャツの胸や背のあたりが黒や茶や褐色のまだらにすっかり汚れてしまっていた。

いくらか緊張しながら、しかし相当に気持をはやらせたままエンジンを始動させ、アクセルを踏んだ。さっきまでの砂利だけの上で回転している音とはあきらかに違う、低く安定感のある擦過音とエンジンの唸《うな》りを響かせて、またワゴン車は上下と左右にぐらぐら揺れた。沢山の凹凸をつけたゴムのタイヤが、あきらかにいくつかの漁網を噛《か》んで、それをかきむしるような音がそのあとに続いた。それからひゅるひゅるぱちぱちという鋭く砂利を跳ね飛ばす音に変りながら、丹野の軽ワゴン車はまたもごもご車体を左右に揺すって、さらに沈み込んでいくのがわかった。

丹野は唇を噛みしめ、「なんだこれは、いったいなんだなんだあ」と、いくらかヒステリックにわめいた。わめきながらワゴン車の後方に大量の砂利がまるで地面から吹きあがるようにして撒《ま》き散らされているのを、ルームミラーごしに眺めていた。こんなに小さな車輪がどうしてあんなに沢山の砂利を捲《ま》いて噴きあげることができるのだろうか——と、丹野は暫《しば》らく不思議な気分でそれを眺め続けていた。

それからふいにはじかれたようにクラッチを切り、ブレーキを踏んだ。ぱちぱちきゅるきゅるひゅんひゅんと、そのあともまだすこしの間、車体の下で小石の跳ねる音が続いた。

急速に荒くなっていた呼吸を静めるまで、丹野はハンドルを握り、そのままの姿勢で座っていた。それから手の平でゆっくり口のあたりを拭い、

「どうなっているんだこれは……」と、低い声で呟《つぶや》いた。

すでに運転席のドアの下端は砂利穴の中に埋まってしまっているようだった。まだはっきりとはわからなかったが、いつも路面を走っている眼線《めせん》の位置から考えて、丹野のワゴン車は全体の半分近くまで砂利の中に埋まってしまっているようだった。まさかと思う気持と、当然それ以外は考えられまいという奇妙に落着いて冷静な気分とをないまぜにして、丹野はゆっくり、力を込めて運転席のドアを押した。ドアの把手《とって》はいつもと同じようにひどく無感動にかちりと時計回りに動いたが、そこから先は丹野がいやな気分で考えていたとおり、まったく動こうとしなかった。一瞬、内鍵をかけてしまったのだろうか、と思ったが、ウインドウの下枠に付いている差し込み式の止め鍵はきっちり上に引き上げたままであった。

丹野はすぐに腰を浮かせ、助手席側のドアを同じように試してみた。結果は同じで、そこもまったく動こうとしなかった。続いてすぐにシートから身を乗り出し、後部のドアに手をかけた。前部ドアと違って左側だけにある後部のドアはスライド式になっている。そっちだったら開くかもしれない、と丹野は息を弾ませた。けれど期待はすぐにそがれてしまった。砂利の壁はワゴン車の周囲をどうやら寸分の隙間もなく、四方八方から締めつけるような圧力をかけているらしく、その鉄扉もぴくりとも動かなかった。

——窓から出るのだ！

丹野は自分でもそれとわかる程、頬のあたりを引きつらせて考えた時、この車は電動開閉式のサンルーフが備えつけてあるのだ、ということに気づいた。思ったのと同時に上をむき、サンルーフの「開」のボタンを押した。

何時《いっ》もと同じように鈍いモーターの唸りを響かせてサンルーフの覆い戸がひらいた。四角い青い空がその上にあらわれ、風の音が聞こえた。丹野はやっとそこで新鮮な空気を吸えたような気分になった。

大人が一人どうにか体をすり抜けられる程度の四角い穴の縁に両肘を引っかけて、丹野は車の外に出た。今のほんの数分間の車輪の回転によって、丹野の車はさっきよりもまた十センチ近く沈んでしまったようであった。頭の中や全身を呆然《ぼうぜん》とさせたまま、丹野はあちこち塗装を重ねた跡の歴然としている薄汚れた玉子型の、小さいけれどもう十数年も使いこんでタフなワゴン車の周囲を回り、たて続けにため息をついた。

四つの車輪が捲き込んで吹きあげた砂利が周囲に山をつくっているので、丹野の車は、海辺の鳥が羽根をばさばさ羽ばたかせ、砂をはじきとばして穴を掘り、巣づくりでもはじめたようなあんばいに奇妙に落着いてくつろいでいるように見えた。

周囲の砂利が山になっているので、外からは随分穴の中にめり込んでしまったように見えたが、冷静に眺めてみると、山になった砂利をのければ、まだ車輪の上端あたりは地表の上に出ている程度の埋まりかたらしい、ということがわかった。

丹野はすこし勇気を得て、汗と砂埃《すなぼこり》にまみれたワイシャツを脱ぎ、ランニングシャツ一枚になった。腕時計を見ると、午後一時半を回っていた。呻吟街道をそれて海への道にワゴン車を入れたあたりで、チラリと時間を見たとき、十二時をすこし回ったころだったのを憶《おぼ》えていたから、このちょっとした騒動で思いがけないほど時間を浪費してしまったのだ。

驚いたり苛立《いらだ》ったり腹を立てたりと、いろいろ激しく感情が動いたからなのか、一時間ほど前に感じていた痛いような空腹感はどこかへ消えてしまっていた。

すこし迷ったが、もうすこし気持を静めてもっと有効な脱出策を考えるために、ここで昼食をとっておく方がいいだろう、と思った。

ワゴン車の車輪がはねあげた砂利は、前部と後部に大きな山をつくっていたが、それらは同時に車の左右に崩れて流れて、運転席から後部ドアの下端までかなりの部分にまで覆いかぶさっていた。それでは内側からいくら押してもドアはあかない筈であった。

丹野は悪態をつきながら長い時間をかけて運転席のドアの下の砂利を両手で押しのけ、そこを自由に開けられるようにした。

それからダッシュボードの中のサンドイッチの包みと、椅子の下にころがしておいた簡易ポットを引っぱり出した。丹野が一泊か二泊の稼ぎに出かける時、妻のトキエがいつも入れてくれるタンポポコーヒーがたっぷり入っている筈であった。

丹野はふたつの包みをかかえ、ワゴン車からすこし離れて、広大な砂利の海岸と、ゆったり身をゆすっているような海の両方を眺められるところに腰を落ちつけた。

さっきこの海岸へ入ってきたときに較《くら》べると、すこし風が出てきたようであった。サンドイッチの包みをひらき、もうその段階でツンと鼻腔《びこう》をついてくる辛子の匂いに素早く胸を躍らせながら、大きな大豆ソーセージサンドにかぶりついた。

十数羽の背赤鳥《せあかどり》の群が上空二、三十メートルのあたりを「ひきひききき」とせわしない声で鳴きながらとび回っているのが見えた。

食べはじめると、かなり空腹であったのが急速にわかった。簡易ポットのさめかけているタンポポコーヒーで、流し込むようにしてまたたく間にひと包み分をたべおえた。食事をとりながら脱出方法について考える、という余裕などまるでなく、殆ど何も考えずにたべてしまったのに気づき、丹野はそこでくふくふと力なく笑った。

慌しく食べた昼食ではあったけれど、思考を落ちつかせる役にはたったらしく、丹野はサンドイッチを包んでいた半欣布《ふでんふ》を丸めながら、さっき波打ち際で沢山見つけた流木を使ってみることを思いついた。

急速に気分が弾んでくるのを感じながらあたりの様子をちらりと窺《うかが》い、海にむかって立小便をした。海からの風がまたさっきよりも強くなってきているようで、丹野の小便は正面からの風にあおられ、もうすこしで丹野の灰色のコールテンのズボンを濡《ぬ》らすところだった。

軽い舌うちをして、丹野は素早く体の向きを変え、海からの風に小便の放物線が横にひらりとあおられ流れていくのを眺めた。

背赤鳥の一群がふわふわとちぎれて流れる煙のかたまりのように遠くの空に所在なく浮かんでいるのが見えた。

丹野は波打ち際に乱雑にころがっているおびただしい数の流木の中から、平らで厚みのある木をとくに選び、ワゴン車のほうへ引きずっていった。太陽に照らされて白く乾燥している、とみえるものも、実際に持ち上げてみると、まだ大量の水分を吸いこんだままらしく、思いがけない程の重みがあった。すこしでも時間を稼ごうと、はじめのうちは左右の肩に一枚ずつのせて引っぱっていったが、途中でかならず息が切れて休み休みいかねばならず、結局はおとなしく一枚ずつ引いていく方が確実で早い、ということがわかった。

幅も長さも厚みもまちまちな板を十枚ほど引きずってくると、さすがに体中がみしみし軋《きし》むようで、荒い息がしばらくおさまらなかった。

喉も渇いてしまったので、運転席へ簡易ポットを取りに行った。腹立たしいことに丹野が流木を引きずっている間にまたワゴン車の周囲の砂利山が崩れたらしく、さっき自由に開閉できるようになったばかりのドアにまた沢山の砂利が積もって、そのままでは開けられなくなっていた。

「まったくこんちくしょう！」

丹野は悪態をつき、さっきと同じように両手でドアの下の砂利を掻いた。

簡易ポットを取りだしながら、燃料メーターの隣にはめ込まれている時計を見ると、間もなく三時になるところだった。相変らず時間のたつのだけは早いなあ、といくらか苛立ちながら座席シートの上に両肘をついたまま、もう相当にぬるくなってしまったタンポポコーヒーを呑《の》んだ。

それからそのままごそごそ車内後部にもぐり込み、いつもリアシートの下に入れてあるパンクの修理用のカニバサミ型足踏みジャッキと、大型のバールを引っぱり出した。

間もなく三時になる、ということがわかると、外に出て改めて見る太陽が何時の間にか大きく傾き、その陽光も相当に衰えてきているように思えた。同時に海から吹いてくる風も断続的ではあったけれど、ぎゅるぎゅると地表をころげてうなりながら這い上ってくるようで、ランニングシャツ一枚ではじき寒くて収まらなくなるような気もした。

丹野はしかし、両腕をわしわし振りあげ、こぶしで胸のあたりを叩きながらもうじき脱け出してやるからな、だまってみてろよ、このやろう、と吹いてくる風にむかって言った。

波打ち際から引きずってきた流木の中から一番幅と厚みのある木を選び、ワゴン車まで引きずっていった。ワゴン車の前に小山のように積みあがっている砂利を、別の小さな板でブルドーザーのように何度も掻いて平らにし、バールを使ってさらに深く掘っていった。流木を車輪の前まで斜めに差し込み、緩やかな傾斜の木のレールをつくって、それを足がかりにじわじわ車をのしあげていこう、というのが丹野の新たな作戦だった。緩やかな傾斜をつくるためには、ワゴン車の前方の砂利をかなり掘らねばならなかった。ある程度掘ると、砂利はすぐに左右の壁の緊張を失ってざがざがと崩れ落ちてしまうので、丹野は板の斜面の左右に縦の仕切り板を立て、二本のU字型の溝のようにしなければならなかった。

前輪用の溝をつくるのに一時間ほどかかり、後輪用の短い溝をつくるのにたっぷり三十分はかかった。

何度も車体と砂利の間にもぐりこむ作業が続いたので、その仕事が終ると丹野のランニングシャツとズボンは汗と汚れでまっ黒になってしまった。

太陽はいよいよ海の側に傾き、地表をころがってくるような海からの風も、ごんごんと激しいうなりをたてるようになっていた。

間もなく丹野は待望の運転席にとりついた。木の斜面をこしらえている間、何度ももうこのくらいでエンジンを回せば脱出できるかもしれない、と気持がはやるのを、そのつど辛抱して押さえてきたのだ。これまでの経緯から、中途半端で車輪を回して失敗すると、かえって事態は悪化しそうだ、ということがよくわかってきたからである。

驚いたことに丹野が運転席に座ろうとした時には、また左右の砂利山が崩れて、運転席のドアがそのままでは開かないようになっていた。

砂利を掻いてのけても、ものの一時間もすると、前と同じように砂利に埋もれてしまうのだ。丹野はふと、左右の砂利山が崩れてくるのではなく、ワゴン車そのものがさっきよりもさらにまた砂利穴にもぐりこんだのかもしれない、と思った。

おそろしい考えであった。

そう思うと確かに二、三時間前のときと較べると、車全体がもっと深く地面にもぐりこんでいるような気がした。何もしていないのにじわじわ車体がもぐりこんでいたとすると、これはとんでもないことである。

しかしそんな不安もあと数分間で軽くふっとんでしまうのだ……、と丹野はギアのシフトレバーを握りながら思った。キイを回し、エンジンを始動させた。ギアをロウに入れ、クラッチとアクセルペダルを操作した。ぐるんぐるんと体をゆするここちのいい震動が、丹野の気持を急速になごませた。乾いた唇を、これもあまり水分が潤沢にゆきわたっているとは思えない舌の先でゆっくりなめまわし、奥歯に力を入れてもっと強くアクセルを踏んだ。

きゅるきゅるがじゃりがじゃりと、けたたましい機械の悲鳴のようなものが車体の下ではじけとび、丹野の体は上下と左右に激しく揺れた。

はっきり焦げくさい臭いがあたりに漂い、四つの車輪のたてる哀れな喘《あえ》ぎ声は一層大きくなった。

左右に動くワゴン車の揺れはもっと大きくなり、もうこれ以上は危険ではあるまいか、と思ったとたん、丹野の見つめる前方の視野の半分ほどが急に閉ざされた。何事がおきたのか咄嗟《とっさ》にはわからなかったが、間もなくそれは、前輪用につくった二本の流木のレールがはずれて垂直に跳ねあがってしまったものだ、ということがわかった。

あわてて自分で切ったのか、それとも自然に止まってしまったのか、エンジンの音は消えていた。

ゴムと木の焦げるような臭いが、運転席の周囲にひりひりと漂っていた。


丹野は左右の窓を眺め、口をあけたまま首をすくめて、しばらく息をひそめるようにしてじっとしていた。それから事態は急速に丹野の手に負えないようなとてつもないことになってしまっているらしい、ということを知った。何かよく理解できない状況に、自分が嵌《はま》りはじめているらしい、ということだけがわかっていた。

もうとても、運転席のドアから外に出ることはできそうになかった。

再び肩や胸を大きく喘がせるような荒い息をついて、エンジンのキイを回し、サンルーフから外に這い出した。

　丹野のワゴン車は新たに掘りだされた大量の砂利山で囲まれていた。ワゴン車の車輪が掘りだした砂利は、もうかなりの深さのところのものらしく、水でしめっていて黒い色をしていた。

「まるでこいつは自動車ではなくて穴掘機械のようだ……」

　丹野はそれらの新しい砂利の堆積を眺めながら、奇妙に落着いた気分でそんなことを考えていた。

　サンルーフから体を出していると、海からの風が冷たかった。何時の間にか海の上に雲が流れ出ていた。すでに太陽は大きくかしぎ、低い雲の表面がいくらか赤味がかっているようでもあった。

　丹野は胸の前に両腕を交叉《こうさ》させ、すこしふるえた。ちゃりちゃりと金属的な音を響かせて、砂利の上を突風が通りぬけていった。

　後部座席のうしろ側に古いカッターシャツを丸めて放りこんでおいてあるのを思いだし、丹野はいくらか救われる気分になった。汗で濡れたままのワイシャツは、腹立ちまぎれにさっき助手席に放り投げたままだったから、まだ冷たくてとても着られたものではないだろう、と思った。

　そうしている間にも、気温はぐいぐい下っているようだった。丹野は再びサンルーフの穴から車内に戻り、カッターシャツを捜した。くしゃくしゃになって、ところどころ油のしみのようなものがついていたけれど、乾いたシャツを体にまとえるのはなによりだった。

そのあたりに積んである商売用の洗剤や脂肪のかたまりが入った箱などをひっくりかえしてみると、隅の方にやはり売り物の折りたたんだ古い防水シートとゴムのサンダルが見つかった。ワゴン車の中でごそごそ動いていると、外の風がときおり恐しいほどの音をたてて吹きわたり、そのたびに車体はぐらりぐらりとゆさぶられているのがわかった。

「まったくなんてこったの話だな」

頭をかきむしり、丹野は呟いた。これからいったい何をどうすべきなのか、丹野はなんだかわからなくなっていた。

すこし考えてから、また外に出た。サンルーフの窓から体をのしあげる時は、全身を持ちあげねばならないので結構力がいるが、外に出るときには、車体のまわりの砂利の山にちょこんと足をのせるだけですんだから、ずっと楽だった。つまりそれだけ丹野のワゴン車が砂利の中に深くもぐり込んでしまっている、という訳で、よく考えるとまことに腹立たしい話でもあるのだった。

丹野はそのままワゴン車から離れ、全体の状況というものをもっと観察してみることにした。前輪用の板レールにしていた数枚の流木はそっくり上方にはねあがり、ワゴン車の平べったいフロントにぺたりとくっついていた。すこし離れてみると、丹野のワゴン車は長い角をつきたてて地中に潜ろうとしている愚かで強引な甲虫《こうちゅう》のように見えた。

後部車輪用にあてがっていた板は、何の効力も発揮できないうちに左右に跳ねとんでしまったようで、そのうちの一枚は、ワゴン車と砂利の間に垂直に突き刺さっていた。

ワゴン車のまわりの砂利の山を全部わきにどけたとすると、すでに全体の半分ぐらいが砂利の中に埋まってしまっている——ということに丹野は気づいていた。

すでに自力でそこを脱出することは不可能、ということがはっきりしていた。

丹野はぶつくさと言葉にならない愚痴のようなものを呟き、ワゴン車のまわりをゆっくりもう一度歩いてみた。けれど新しい、いいプランのようなものは何も思いつかなかった。

改めてあたりを見回し、何か人や車の影でも見えないだろうか、と思ったが、海側にぐわりと傾き、ますます赤味を増してきた砂利の海岸と、黒っぽく色を変えてきた海が無愛想に広がっているだけだった。

相変らず何をどうすべきか、ということは何も浮かばなかったが、とにかくいったん歩いて呻吟街道の方へ出てみようと考えた。

街道に出てうまくすれば車か人と出会えるかもしれないし、もうそういうことに何らかの打開策を求めなければ駄目だろう、と思った。

　他の車にこの近くまで来てもらってロープで引っぱってもらえば、まだなんとかなるかもしれない、と思った。普通の自動車で難しそうだったら、その車に乗せてもらってどこかへ助けを求めに行く、というのもいい考えだろう、と思った。


　あたりが完全な闇になり、吹き流れてくる海からの風に寒くて体が耐えられなくなるまで、丹野は呻吟街道の端の倒壊した古い折手《おりて》観音の陰にうずくまっていた。

　確実に二時間はそうやって通過する自動車を待っていたのだが、ついにただの一台も通らなかった。丹野自身、昼間亀根町からこの鮫腹海岸にやってくるまでの間、たった一台の小型トラックと擦れちがっただけであった。

　丹野がその日行こうとしていた平多良町《ひらたらちょう》までは、亀根町から海沿いの国道を通って百五十キロほどの距離があった。鮫腹海岸は丁度その中間で、その先の道路も陥没箇所が多い、という話だったから、考えてみるとわざわざこんな夜中に自動車を走らせる酔狂な人間はいそうもなかった。

　丹野は体をふるわせ、力のない舌打ちをして、もとの道を戻りはじめた。夜になると海からの風はますます強くなり、くねくねした細道を歩いていくと、風は丹野の体をときおり浮かせてしまうほどの力でぐあんぐあんと吹いて踊った。

体が軽くなってしまったのは空腹のせいもあるのだろうなあ、と丹野は考えていた。昼間食べたサンドイッチのうまさが丹野の思考をかきみだし、胃の中をきりきり締めあげた。

海岸に出ると風はもっと強く激しく吹きつのり、星あかりの下に寒々と広がる砂利の海岸は、いたるところで猛々《たけだけ》しく咆哮《ほうこう》しているようだった。

風にむかって体を折り曲げるように進んでいくと、足もとを乾いてちゃらちゃら弾むような音が素早くかけぬけていった。風に吹きとばされた小さな石が、砂利の海辺の表面をころがっていく時の音のようであった。

夕方頃見たまばらな薄雲が、かなり速いスピードで海から陸の方向へ流れているようで、僅かな星明りが薄雲によって、微妙に砂利の浜の濃淡を変えているようだった。

丹野は全身がいたるところ冷え切っているのを悲しい気持で感じていた。

本来なら今日の夕刻前には平多良の町に着いて、合成肉屋の相原《あいはら》らとなにかそのあたりのうまいものを食べ、酒でものんでいられる筈だった。それがこんなひとけのまったくない海岸で、どうやら確実に今夜一晩はすごさなければならないようになってしまったわけだから、腹立たしいやら情ないやら空腹やらで、何かを思いきり蹴とばしてわめきまくりたいような、どうにもひどい気分になっていた。

けれど当面は体の芯まで揺さぶられそうなこの風をよけて、すこし気持を休ませなければならないだろう、と思った。それにはとにかくまた自分のワゴン車に戻ることだった。

濃淡の入り交じる闇に眼が慣れてくると、あのいまわしい砂利山に囲まれて鎮座している丹野のワゴン車の所在がわかってきた。

その間にもぶわんぶわんと吹きつけてくる風に踊らされながら、丹野は唇を噛みしめてめざすところへ進んでいった。

近くまでいくと、ワゴン車がなにかひどく重々しくどどどろんどどろんという聞き慣れない音をたてているのがわかった。

丹野は緊張し、すこし中の様子を窺うように闇の中で小腰をかがめた。暫く様子を窺っていたが、丹野の知らない間に何か別のものが侵入している、という気配はなく、どどどろんどどどろんという音は、どうやらサンルーフの窓に強い風がぶつかってたてているものらしい、ということがわかってきた。

気を落ちつかせ、その天井の入口から丹野は体をすべり込ませた。エンジンを始動させルーフの戸を閉めると、吹き荒れている風の音がいくらか弱まり、同時に風の翻弄から逃れた丹野は、体がふわりと軽くなったような気分を味わっていた。

ワゴン車の中は思いがけないほど心地がよかった。狭い車内でぎくしゃくと体を動かし、寒さで縮まってしまった体のあちこちをほぐすようにした。それから簡易ポットを捜し、すこしふるえる手でまだかすかに残っているどろりとした液体をのんだ。タンポポコーヒーはすっかりつめたくなっていたけれど、それでもただの水よりは何か力を与えてくれそうな気がした。

妻のトキエの顔が頭のどこかずるんと弛緩《しかん》したあたりにふいに浮かんで、すぐにまた消えた。とにかく今夜一晩ここですごせば明日はなんとかなるだろう、すべては明日、夜が明けてからだ、と思った。

十五分ほどそんなことを考えたあと、丹野は後部座席奥の荷物入れのところまで手さぐりで這いすすみ、夕方近くに見つけておいた防水布を引きずり出してきた。ところどころ砂や油のこびりついた、固くていかにも扱いにくそうなしろものだったが、狭い車内でうまく端の方をひろげ、なんとなく体を覆うようにかたちをつくってみた。それから防水布の中に弱々しい動物のように体を丸めた。

風は夜半にかけてさらに激しく吹きつのり、丹野が丸くなって寝ている車内にも強引なすきま風となって吹き込んできた。風が吹きつけるたびにワゴン車全体がぐらぐら揺れ動き、その周辺で砂利がひっきりなしに流れ落ちているらしい音を聞いた。

明け方近く、冷えこみはさらにきつくなってきたようで、丹野は寒さに何度も目をさました。そして「そうだ、こういう時はエンジンをかけてヒーターをいれればいいのだ」ということに気がついた。どうしていままでそんな簡単なことに気づかなかったのだろうか……と、夢とうつつの間でぼんやり思った。思いがけない程簡単な解決策に満足し、丹野は闇の中で一人で「くふくふくふ」とすこし笑ってしまった。その分燃料を使ってしまうが、夜が明けるまでだったらたいした時間ではないだろうと思った。

間もなくヒーターがここちよく利いてきて、外の風のうなりと、風によって時おり揺さぶられる不規則な刺激がかえって心地よかった。エンジンの回転によって車体がこまかく震動しているのも丹野の睡《ねむ》りにはすこぶるいいかんじのものだった。

喉の中にざわざわと白や灰色の砂利が流れ込んできて、それはまるで背赤鳥かなにかのように「ひきひきひきひき」と騒々しい音をたてながらうれしそうに跳ね回り、喉の奥を通過していった。こんなに沢山の砂利をのんでいるのはじつに悲しいものだ。砂利などのむよりもタンポポコーヒーの方がおれは本来は好きなのだ。こういう間違いはじつに困ったものだ、と怒りや諦めをいろいろに交叉させているうちに、丹野は目をさました。

とたんに激しい咳《せき》が出て、喉に強い痛みが走った。息苦しさで頭の中が爆発しそうだった。熱気が丹野の体をとりまき、それがまた苦しかった。

唸《うな》りつつ、呻《うめ》きつつ、丹野は手さぐりでどうにか頭の上のサンルーフの戸の開閉スイッチを押した。すこし開いたが、低いモーターの唸りを残して途中で止まってしまった。

両手で力をこめてこじあけるようにした。戸は重く、考えている以上の力をこめて引かないと動かなかった。ざがららざがらんと乾いたおぞましい音をたてて頭の上から大量の砂利がおちてきた。

外の光がいっぺんに車内にとびこんできて、丹野は咳《せ》きこみながら自分の口や目を覆った。なにがどうなっているのかよくわからなかったが、鼻孔に突きささる油まじりのガスの臭いは、丹野に早くエンジンのスイッチを切れ！　と指示していた。

目をこすり、また苦しく咳きこみながらエンジンを切った。そして大急ぎで立上り、サンルーフの窓から頭だけ外に出した。

新鮮な外気が鼻や喉や肺にうまかった。喘ぎながら、永い時間をかけて沢山の外の空気を吸った。

事態はひどいことになっていたが、丹野はもう前の日のようには驚かなかった。動揺はしたが、うろたえるということはなかった。

「ふざけるんじゃない！」という気持の方が大きかった。この海岸は何をいつまでもふざけた真似《まね》をしているのか、という思いの方が大きかった。

朝の陽光が白砂利の海岸を奇妙に美しくぎらぎら光らせていた。風はすっかり収まっていて、雲も内陸の空のずっと端の方に押しつけられて静止していた。

丹野はつめたい砂利の海岸に腰をおろし、目の前の風景を眺めていた。

丹野のワゴン車は、穴のまわりにできている砂利の山の陰に隠れて、もう白い屋根すらも見えなくなっていた。サンルーフの窓から出てくる時、ワゴン車の屋根は海岸の地表すれすれか、もしくはそれよりもすこし低くなっているくらいだ、ということを丹野は知った。

どういう訳かわからなかったが、ワゴン車は夜のあいだにまた一メートル以上も砂利の中に沈んでしまったのである。サンルーフの入口のあたりにも沢山の砂利が積もっていたから、戸をあけたとたんにかなりの量の砂利が車内に落ちてきた。そうして閉ざされたところでエンジンを回していたので、あちこちの隙間から排気ガスが車内に入りこみ、もうすこしでその中毒の危険を感じた。

ワゴン車から脱け出したあと、丹野は激しく咳きこむ喉と痛む胸を押さえて海べりまでよろけるように走り、海水で胸や首のあたりを冷やした。それからふらつく足で呻吟街道の方に戻り、くねくねした道の下で小川を見つけた。水はきりきりと冷たく、丹野のあつぼったく脹《ふく》らんだ唇や喉を癒してくれた。

そのあと近くの藪《やぶ》斜面で、水桃の実とまったり草を見つけた。水桃はその果実を、まったり草は根についた肉厚の汁溜《しるだま》りをたべることができた。

丹野はなんとか力をとりもどし、再び全身怒りに満ちて、埋もれてしまった自分の車のところに戻っていった。

何もない、ただもういたずらに白く広がる砂利海岸に、丹野の車は地表にその姿をとどめてはいなかったが、巨大な蟻《あり》の巣穴の入口のように砂がまるく盛り上っているところに、数本の木が垂直に突っ立っている、というきわだった目印があって、遠くからでもよく目についた。

ゆうべ一晩その穴の中で睡り、今朝のそのそ這い出てきたばかりなのだから、それはまさしく自分の巣穴のようなものでもあった。

丹野はその巨大な巣穴の入口から十メートルほど離れたあたりに腰をおろし、もうあまり驚いてはいなかった。

驚いてはいなかったが、怒りが全身を走り回っていた。

「このままおれの大事なワゴン車を砂利の中にもっていかせはしないぞ」

と、丹野は怒りの中で考えていた。同時にどうして一晩の間、何もしないのにこんなに沈んでしまったのだろうか、ということについて冷静に考えをまとめてみよう、と思った。

底なしの砂利層、ということがまず一番に考えられた。脱出のために車輪を回転させると、それによって砂利が掘られ、ますます下に潜っていってしまう危険がある。

昨夜も車輪を回転させていないのにあんなに沈んでしまったのは、一晩中吹き荒れた海からの風でずっと揺さぶられ続けていたことと、明け方にかけたエンジンによって、震動が続いていたのが大きな原因だったのではないか、と丹野は考えた。確証はなかったが、たぶんそんなところなのだろう、と思った。

その日もよく晴れそうだった。丹野は車内に戻り、荷物置場の中から洗剤の入った箱と、乾燥脂肪塊の入っているパルミ缶を引っぱり出し、ひとつずつ順番にルーフの窓外に出した。それから今度はそれをまたひとつずつ砂利山の外に持っていった。雨でも降ってきたら、大切な丹野のセールス商品は使いものにならなくなってしまうけれど、もっと大切なワゴン車を救うためには仕方がなかった。それらをすっかり運び出してしまうと、ワゴン車はかなり軽くなった筈であった。

丹野はランニングシャツ一枚になった。いつの間にかまた沢山の汗をかいていた。その仕事がすむと、簡易ポットを持って小川にいき、水を汲《く》んできた。

昼食はまた水桃とまったり草の汁溜りでごまかした。二度目に小川に行った時、川底で動きの鈍い淡水性の平伏蟹《へいふくがに》を五匹ほどつかまえた。平伏蟹は底をずっとあさっていくとまだいくらでもいるようだった。網かドツキバサミのようなものがあれば売り物になるくらいの量を獲《と》ることも可能だろう、と思った。

平多良の町に行ったらそのうちのどれかを手に入れて、帰りにまたここに寄り、一日かけて蟹獲りをしていくのもいい考えだと思った。ずっと食糧難で苦しんでいる丹野の町ではかなりの値で売れる筈であった。

なんとなく気分をよくして海岸に戻ってくると、巣穴の近くに誰か人間が立っていた。カーキ色のだぶだぶしたズボンに灰色のセーターのようなものを着て、砂利の小山の近くに立ち、ズボンのポケットに両手を突っこんだまま、穴の中のワゴン車を見つめているようであった。

男は丹野が砂利海岸に足を踏み入れ、一直線に巣穴の方向に進んでいくあたりで丹野に気づいたようで、なんだかふいに落着かない動作で穴の中と、丹野と、それから遠くの海のあたりを眺め、だぶだぶのズボンのポケットに両手を入れたり出したりした。

丹野はすこし緊張し、男から眼を離さずに同じ歩調で近づいていった。

男は遠くから見た印象よりもずっと老けており、皺《しわ》の多い柿渋色の顔に坊主に近いような半白の髪のごつごつ頭をしていた。歳《とし》は六十前後で農夫か漁師のようであった。

「蟹とりかね」

と、老人は軋んだような声で言った。

「くろもじ川は平伏蟹がまだ沢山おるからの」

老人は黒い顔をしゃかしゃか動かし、耳ざわりな声で言った。喋《しゃべ》りながら老人ふうに笑ったようであった。笑うと顔がくしゃくしゃ動くのだ。

丹野はこのとんでもない災難のさ中に蟹の話をいきなりしてくる老人に失望した。そんな年寄りで力もなさそうだったし、何か大きな手助けになるとは思えなかった。そんなことよりもむしろそいつは砂利に埋まった車の中から何かめぼしいものを持っていこうと、中の様子を窺っているところのようでもあった。

丹野は蟹の話には答えず、不機嫌な顔をして老人を見上げた。

「風がいろいろだからの」

老人は言葉の途中がきしきしいうおかしな喋り方でそう言った。

「こうなるとなかなかえらいで……」

やはりこの近くに住んでいるのか、老人は目下の状況やその周辺の事情を何か知っているようだった。脱出する力の役にはたちそうになかったが、なにかこのあたりの情報をくれるのだったら有難い。

「まったくねえ、まいりましたよ」

丹野は苛立たしい声で言った。

「こうなるとなあ、なかなか引っぱり出せねえなあ」

老人は小山の上にしゃがみ、農夫だったら掘りだした菜根を、漁師だったら釣り上げた魚を値踏みするような顔つきで、穴の中を眺めた。

「このあたりは車が入るとみんなこんなになっちまうんですか?」

丹野はまず最初に一番聞きたかったことを聞いた。老人は口をもごもごさせ、いそいで話したそうにしながらも、舌で持ちあげた入れ歯を大急ぎで歯茎に戻そうとしているようだった。

「そうだなあ、いろいろでなあ」

　老人は舌の先で歯を押さえつけ、曖昧に笑った。

「このあたりの砂利浜はの、陰陽砂岩帯とかいうやつだからの、ところどころにこういう場所があるんだわ」

「陰陽砂岩帯……」

「まあ、そういうところなんだわ」

「そうすると、この車はどうなるんですかね？」

　老人が急に専門用語のようなものを言いだしたので、丹野はすこし居ずまいを正す気分になった。いまはもう窮余の一策をどんなところからでも引っぱり出したかった。

「そうだなあ……」

　老人は空を眺め、それから海のあたりにも続けて視線を回した。

「もぐるのはまだこんなもんじゃないだろなあ。もっとも風向きのあんばいにもよるけんどのう」

「風向き？」

「ゆうべの風はこのあたりじゃあもろだろうがの？」

「ひどいもんだった。外にいたら吹き飛ばされそうでしたよ」

「そうだろなあ。しかもそれじゃあ今夜はもっと風は強くなるだろな。今日もこれで一日中晴れているだろうからの」

「もっと強くなる？」

丹野はうんざりした声を出した。

老人は顎を撫《な》で、もう一度頭の上のよく晴れ上った空と、海の方向を確かめるようにして眺めた。また波打ち際のあたりに昨日と同じ背赤鳥が五、六十羽の群をつくってふわふわと煙のように飛び回っていた。

「このあたりに大型トラックとか、トラクターのようなものを持っている家はないですか？」

老人に対する丹野の口調はなんだか自分でもうんざりするほど卑屈に哀願調になっていた。

老人は丹野が全部話し終える前に、大きく自信に満ちて首を振った。

「ないだね。そんなものを持ってるのはせいぜい平多良の町の役所ぐらいのもんでないかね」

老人の口調はそこのところだけ憎たらしい程明確だった。

「じゃあそんな大きなものじゃなくて、普通の乗用車を持っている家とか……」

老人はまたもしっかり振幅のある大きな否定をした。

「ないね。このあたりにはまずないね。うまくいって亀根町の吉田《よしだ》の店が動けるのを持っているかどうかってとこだろね。あとは時たまこの街道をセールスに行く自動車を見るだけだがの」

　丹野は急速に気持が萎えていくのを感じていた。自動車がなかったらこの穴の中のワゴン車を引っぱり出すことはほぼ絶望だろう。そうなると、自分はこれからどうしたらいいのだろう。食料もなく着ている服もこのまんまだ。歩いて平多良か亀根の町に行くのには、どのくらいかかるのだろうか、と思った。今すぐに出かけたとしても、陽《ひ》のあるうちにはとても着かないだろう。

「まあどっちみち、今夜の風のことを心配しねえとまずいからの。このままではまずいからの」

　老人は立上り、なんだか小隊長が進路を決断するような口調で海を指さし、それから丹野を指さした。

　午後の二時頃まで丹野はまた波打ち際から巣穴まで流木運びの重労働をずっと続けていた。

　老人は丹野に、このままでいると今夜もまた車は砂利の中にもっと沈みこんでしまうだろう、と言ったのだ。もう丹野のワゴン車の天井は地表より下に潜ってしまっているのだから、それ以上沈んでしまったらとんでもないことになるだろう、ということは即座にわかった。沈んでいくワゴン車の上に砂利が次々に覆いかぶさり、丹野の車はその中に埋まってしまうことになる。

「今晩もまた間違いなく風が一晩中吹きあれるからの、風があっちこっち揺さぶって、あんたのクルマはもっと下にもぐっていきよるでの。早く砂よけをこしらえないとえらいことになるで」

老人は軋んだ声で言った。

崩れ落ちる砂利をよけるために、穴の周囲に砂利よけをつくるといいがの、と老人はおしえてくれた。砂利よけの板は浜辺に沢山ころがっていた。

丹野は昨日と同じように波打ち際から平たい流木を一本一本巣穴まで引きずってきた。穴のまわりをそっくり覆うためには沢山の板が必要だった。三時間ほど丹野はひたすら波打ち際と巣穴までを往復した。

老人の言っていたように、その間にも丹野のワゴン車はあきらかにまた二十センチほども沈み込んでしまったようで、すでに穴の周囲から崩れ落ちた砂利がワゴン車の屋根にたまりはじめていた。

板による砂利よけの柵《さく》づくりを急ぐ必要があった。

いったん姿を消していた老人が二時すぎに「かけや」を持って戻ってきた。頑丈な黄丈柳の柄と大きな瘤樫《こぶかし》の頭に金輪締めをつけた「かけや」はずしりと重く、老人が担いでくるには相当に骨の折れる仕事の筈であった。

丹野は感激し、老人にはじめて心から感謝した。

「申しわけないです。本当に感謝します」

と、丹野は丁寧に礼を言った。

「困っているのだもの、困った時はお互いさまだからの」

老人はそう言って声を出さずにひこひこ笑った。

集めてきた板をワゴン車と穴の縁《へり》の隙間に突っこんで次々に並べ、中に押し込んでいった。穴からまだ突き出ている柱板をかけやでさらに打ち込んでいった。穴の周囲にできた砂利山の上に乗ってかけやをふるうと、足場はすぐに崩れて空腹の丹野はひっくりかえりそうになったが、ひと通り打ち込んでしまうと巣穴のまわりの砂利は不思議なくらいに頑丈に堅くなり、かけやをふるのにも思い切り力を使えるようになっていった。

そうやって穴の周囲にまんべんなく板を打ちこむと、丹野の巣穴は長さ二メートルほどの木の鎧《よろい》をまとった堅牢《けんろう》な砦《とりで》のようになった。

砦づくりにはたっぷり二時間ほどもかかり、その日の太陽もまた大きく傾きはじめていた。同時に老人の言っていたように海からの風が強くなり、白砂利の海岸の表面はちりちりと沢山の小さな砂がとんで地鳴りのような音をたてはじめていた。

「いまはこのあたりは底巻風《うがじ》の季節だからの、あけるのはもうじきだが、まだ油断はできないころだから……」

老人はあちこち歩き回って、丹野の打ち込んだ板柵の強度を試すように、押したり叩いたりした。

丹野は車の修理道具箱の中に入っていた螺子釘《ねじくぎ》や針金を使って、細い流木で簡単な梯子《はしご》を二本つくり、風下側の板柵から中へ乗りこえていけるようにした。

ひととおりの風除《かざよ》けと砂利どめの仕度ができた頃はもうあたりは薄暗くなり、風はいよいよ地鳴りをたてて吹き暴れていくすさまじいものになっていた。

老人は陽のあるうちに帰っていった。

「明日また寄らしてもらうからの」

老人は帰りぎわに言った。丹野はひと言でも喋ると全身の骨や筋肉が軋んでばらばらになってしまいそうな程の極端な疲労の中で喘ぎ、黙って頭を下げた。

日中働いている時は、夕暮前に小川に行ってまた果実をもぎ、夜は焚火《たきび》でもおこして平伏蟹を焼いてたべよう、などと考えていたが、仕事のあらましが終ると、もう一歩でも体を動かすのが嫌になっていた。そして昼の間、焚火をおこして蟹を焼いてみるか——などと思ったことがいかにばかげて現実離れした考えであったかを知った。夜になると必ず吹いてくるという底巻風の中では、焚火などとてもできる筈もなかった。

丹野は今朝がたとってきた水桃の残りを齧《かじ》り、簡易ポットに汲んでおいた水を呑んで防水シートにくるまり、気絶するように深い睡りにおちた。

次の朝、丹野は唐突に眼をさました。同時に全身の肩と筋肉がそれぞれ体の中で勝手に絶叫しているのがわかった。

丹野はしかしそんな痛さに呻くよりも前に、ぎくしゃくと非人間的な動きで腰をあげ、エンジンをかけると頭の上のサンルーフの窓をあけた。

またかなりの量の砂利が落ちてはきたが、モーターの力だけでなんとか全部あいた。舞い落ちた砂利が狭い車内で埃の渦をつくっていたが、見あげる天井窓のむこうにひろがる蒼い空が丹野には嬉しかった。そしてその窓の先に随分あっちこっち不揃《ふぞろ》いで滑稽なくらいではあったけれど、昨日打ち込んだ板の柵がどこも損傷もなく、きっちり力のこもった防備の囲いをそのままにしているのが見えてそれも嬉しかった。

丹野は満足し、再び座席にくにゃりと座って背もたれに頭をあずけ、頭上の空を眺め続けた。

体の節々が痛痒《いたがゆ》く、首筋がかなり硬直しているようだったが、夢ひとつ見ずに朝まで一直線に睡ることができて、そのことがちょっとした充足感にもなっていた。

暫くそのままの姿勢でいたが、やがて「よおし！」と一人で掛け声のようなものをひとつ呟いて、サンルーフの窓から外に出た。砂利は昨日よりも溜っているようだったが、もうたいした量ではなかった。

ワゴン車そのものも別に沈んではいないように思えた。老人は昨日あんなことを言っていたが、別に何も変らなかったようであった。

昨日の大労働を思いだし、丹野は再び俄《にわ》かに腹を立てはじめた。「なんてことだ、あの爺《じい》さんに一杯かつがれたのだ……」丹野は頭をかきむしった。外に出て爺さんのやってくるのを待ち、きっちり説明をしてもらおう、と思った。

その時、丹野はひとつだけ昨日と様子の違うものがあるのを知った。

梯子だった。昨日斜めに立てかけておいた梯子の位置が違っていた。昨日は板の柵の上の縁《へり》ぎりぎりのところまでかかっていた梯子が、一晩のうちに短くなってしまっていた。それを昇っていってもとても板柵の縁にとどきそうもなかった。どうして短くなってしまったのだろう、と少々混乱した頭で考えているうちに、やがて丹野はおそろしいことに気がついた。

梯子が短くなったのではなく、やはり丹野のワゴン車は一晩のうちにまた大きく沈んでしまっていたのだ。

梯子の先と板柵の上縁との間は二メートルほどの隔たりがあった。

（……あの長さの分だけ沈んでしまったのだろうか）

丹野は呆然とする思いで、そのあたりを眺めた。

「なんてことだ……」

それから口を歪《ゆが》めて、ぶつぶつと低い声で呟いた。

「まったく本当になんてことだ……」

丹野はそのあと、手づくりの梯子を軋ませて慎重に板柵の途中まで昇っていった。尺取り虫のように板と板の隙間を手がかりにゆっくり体を折り曲げて、なんとか梯子の一番上の段に立ってみたが、そこから外に出ていく手がかりはもう何もなかった。

丹野は力を込めて伸ばしても板柵の上端にまで届かない自分の手の先を見つめ、それからもっと先の蒼い空を眺め、激しい落胆と焦燥に襲われた。

（……これではまるで檻《おり》の中ではないか）

丹野は板と板の隙間に手のひらを差し入れ、なんとか手足の力だけでうまくよじ昇れないものだろうか、と考えた。けれど、片手だけでもそこに体重をかけると、板がそのまま引き剝がれて落ちてきそうだった。すでに軽く動かしただけで板と板の隙間からかなりの量の砂利がざかざかと流れ落ちていた。一枚が剝がれ落ちると次々にまわりの板が剝がれてしまい、ワゴン車もろとも砂利に埋められてしまう危険があった。

丹野は息を詰めるようにしてゆっくり梯子を降り、再びワゴン車の天井に立った。下におりて位置を変えると、板の柵に囲まれた四角い空がまた急速に小さく狭くなってしまったようで、丹野はふいに息苦しさのようなものを感じた。

昨日の夕方、また明日様子を見にくる、と言って帰っていった老人の言葉だけが、今は唯一の心の頼りであるような気がした。

(明日の何時頃にくる、と言っていたのだったか?)

丹野は必死に思いだそうとした。口もききたくないような疲労の中で聞いていたので記憶は明確ではなかった。おおよその時間を言っていたようでもあり、そこまでは言わなかったようでもあり、どうにも心許《こころもと》なかった。

ワゴン車の天井の一番後部のあたりに行き、板壁にむかって小便をし、すこし考えてからくるりと半回りして、ズボンをおろした。それから足の筋肉の痛みに小さな悲鳴をあげながら中腰にすわり、大便をした。体の中がどうもざわざわとせわしなく、やりきれないような切迫感に襲われていたのだが、それが便意だと気づくまで時間がかかった。ズボンのポケットの中に入っていた摺足平蔵《すりあしへいぞう》商店の納品書で尻を拭き、丸めてワゴン車の後部に見つけた小さな砂の隙間へ砂利まみれの便と一緒に蹴りこんだ。

もうごく僅かしかない水をすこし口にふくみ、昨日の食べ残しの水桃の果肉をすこし齧った。

そのあとは何もやることがなかった。

ワゴン車の天井の上に腰をおろし、板壁に背中を預けてしばらく息をひそめ、外の様子に耳をすませてみたが、気持の底が苛立つほど何の物音も聞こえなかった。すっかり風も止《や》んでしまったようで、真上の蒼い空はさっきよりもまたすこしその色を深めたようであった。

一刻も早く老人がやってくることを願いながら、丹野はそのままの姿勢で座っていた。ワゴン車の中にあるものをいくつか思いうかべ、脱出する方法を考えたりしたが、さっぱりうまい案は思いつかなかった。

ずっと昂《たか》ぶっていた気持がいくらか落着いてくると、あちこちでさらさらと水の流れるような音が聞こえているのがわかった。調べてみると、上部の板と板の隙間から砂利がいくつかの糸のような流れをつくって下に落ち続けている音らしい、ということがわかった。

いかにわずかな細流といっても、そのまま四六時中落ち続けていたらまずいことになりそうだったが、かといってどうすることもできなかった。

板壁に背中をあずけ、丹野はそのまま永いことじっとしていた。あちこちでさらさら流れる砂の音がなんとなくここちのいいもののようにも聞こえた。板壁のむこうで気持のやさしいナニモノカが熱心に何ごとか囁《ささや》き続けているようでもあった。

立てた膝を両手で抱え、丹野はその音を聞きながら、つとめて体と気持を弛緩させていった。

大きな鳥が一羽、穴の上を通りすぎたようだった。鳥の気配は丹野の胸を奇妙に高鳴らせた。顔をあげ、さっきよりもずっと明るく眩《まぶ》しくなっている空を見上げた。口の中がひどく粘ついているので、何時の間にか居睡りをしていたのだ、ということに気づいた。

穴から差しこんでいる太陽の光がもうすぐ丹野の座っているところまで届きそうになっていることで、結構ながい時間睡ってしまっていたのだ、ということがわかった。見上げる板柵の穴の縁から小さな丸い影がじわりと動き、唐突にまた外に消えた。鳥の気配は丹野の睡りの中で感じたもので、穴の上にいるのは人間のようだった。

「爺さんかい？　あんたなのかい？」

丹野は立上り、大きな声で叫んだ。思いがけない程のしわがれ声なので、丹野は自分で喋って自分ですこしたじろいでしまった。

黒い影はしばらくためらっていたようで、今度はさっきと違う位置からそっとあらわれた。

「爺さんきてくれたのか……」

丹野は両手をあげて、もう一度大きな声で言った。

穴の上の黒い影は人間の顔のようだった。丹野の声で一瞬また素早く引っこみ、今度はあまり間をおかずに同じところから覚悟したようにゆっくりその丸い顔を出した。

見知らぬ女だった。偏平な伽羅饅頭《きゃらまんじゅう》のような顔の形をしていた。あまり特徴のない薄い眉、丸くふくらんだ鼻。まだ若く、農家の娘か若い嫁といったかんじだった。

「おい、こわがらなくていいよ」

と、丹野は声を落ちつかせて言った。

「こわがらなくていい。ただの人間だよ」

丹野はそう言ってから、自分の言ったことがおかしくなり一人で笑った。

若い娘であっても、人に見つけられて、これで漸《ようや》く救《たす》かった、という安堵《あんど》が丹野の気分を急速に明るくしていた。

「ひどい目にあっているんだ。ちょっと話を聞いてくれ」

丹野はさらにもっと落着いた声で言った。

「あんたはこのあたりに住んでいる人かい？」

ずっと上を向いて大きな声を出しているのは、ひどくくたびれることでもあった。

女は何も答えなかった。偏平な顔の中の小さな眼がすこし脅《おび》えているようにも見えた。

「どこか近くにいる男につたえてほしいんだ。誰か急いでこっちへ来てくれって！」

丹野は女の眼を見ながら言った。

「縄梯子のようなものがあったら有難いってね。なければ長い枝つきの木を持ってきてもらいたい。あんた、このあたりに住んでいる坊主あたまのじいさんを知っているでしょう。その人に知らせてくれるのでもいい。わけを知っている人だから……」

女はそれでも何も答えず、不思議そうな顔をして首をのばし、もうすこしくわしく中の様子を探ろうとしているようだった。

「その爺さんでなくてもいいんだ。誰でもいい。ここに人が閉じこめられているっていうことを知らせてほしいんだよ」

女の表情はあまり変化がなかった。首を伸ばし、穴の底の隅々まで眺め、それからふいに首を引っこめると、そのあといくら待ってももう顔を覗かせなかった。

女がどうやら退《た》ち去ってしまったらしい、ということがわかったあと、丹野はばさばさと髪の毛をかきむしり、「うわあああおうおうおう」と、動物が吠《ほ》えるような声をあげた。

太陽はやがて丹野を丸い光の輪の中にとらえた。喉が渇き、気持は体の奥の方まで苛立っていた。穴の外に何の物音もしないのがかえって腹立たしかった。丹野はもう一度動物のように吠え、こぶしをつくって、目の前の板壁を叩いた。とたんに沢山の砂利が落ちてきた。

丹野は今度は低く唸りながら叩いたばかりの板を押さえた。それから板壁に背中を押しつけ、すこしの間女のように啜《すす》り泣いた。

老人が顔を覗かせたのは、太陽の丸い光が穴の底から離れ、また壁を這いあがっていこう、としている頃だった。

「あんた、そこで何をしておる？」

と、老人は昨日と同じ耳障りな軋み声で言った。けれど丹野はその軋み声を一心に待ち続けていたのだ。

「あんたこそ、何をしていたんだ！」

丹野はすこし腹立ちのまじった声で言った。

老人はさっきの女と同じように首を伸ばし、穴の隅々を眺め、くしゃくしゃと顔のあっちこっちを歪めてみせた。

「何をしておったね」

老人は丹野にはこたえず、もう一度同じことを聞いた。

「見ればわかるだろ。出られないんだ」

「はあ、やっぱりそうか。わしの思ってたとおりに沈みよったの」

老人は穴のあちこちを点検するように見回し、自信に満ちた口調で言った。

「いいから早く出してくれ」

丹野は荒い声を出した。老人の落着きぶりが腹立たしかった。

「おおよし、いいとも。さてしかしどうやるかね」

老人はやっと丹野に答えた。

「梯子ではもう届かないから何かロープのようなものは持ってないか。そっちの端をどこかにとめて放り投げてくれればなんとか出られるだろう」

「ロープか。数珠紐《じゅずひも》を束ねたやつがあったな。八尋《ひろ》ほどはあるで」

老人の言っているロープがどんなものかわからなかったが、とにかくありあわせのものでもなんでもいい、という気分だった。

「頼む、放り投げてくれ」

老人は顔をのけぞらせ、ひこひこと小さく笑った。

「今はここにはねえがの。うちにいかなければなあ。近くだから、すぐに持ってこれるで」

老人が穴の縁から去ってしまうのは心細かった。けれどそんなことも言っていられなかった。

「頼む、早くしてくれ」

老人は頷《うなず》き、穴の縁から離れた。

驚いたことに、ものの五分もしないうちに老人は戻ってきた。ここから五分で往復できるようなところに老人の家があるのだろうか……とひどく不思議だったが、丹野の関心はそれよりも、じゃがらじゃがらとひどく騒々しい音をさせて穴の中に降りてきた奇妙な綱にそっくり注がれた。沢山の小さな固い実をつけた細くて頑丈な蔓《つる》をより合わせたもののようだった。

老人がそのおかしな綱の上の端をしっかり固定したのを確かめ、丹野はそれを摑《つか》みながら、梯子で穴の途中まで昇った。そして綱に体をあずけ、板壁のところどころを足がかりにして、ゆっくり昇っていった。

穴の外は別に昨日と何の変化もなかった。

丹野は息をつき、老人の持っていたやかんの水差し口から、じかに大量の水をのんだ。

「えらい目にあったの」

老人はいかにも気の毒そうに言った。

「まったくなんてところなんだね、ここは」

「いまの季節はの、どうしてもこうなってしまうからの。今日もまた底巻風《うがじ》が吹いてきよるで」

老人は空を見あげていた。

「吹きだすと、まあたいがいは四日から六日は続きよるで」

老人はやかんの水と一緒に芋と肉の煮たものを鍋にいっぱい持ってきていた。穴の中にいる時はまったくいいかげんなじいさんだ、と思っていたが、そういう訳でもないらしい、と知って、いくらか気分が柔《やわらか》くなった。

時間は一時をすこし回った頃だった。海は昨日と同じように穏やかだったが、また風がすこし地表の近くを走りはじめているようだった。

老人にすすめられるままに煮ものを息を詰まらせるような性急さで食べた。肉はこのあたりで獲れる山豚か何からしく、すこし固かったが身が締まっていてうまかった。

丹野ががつがつと目の前のものを食べている間に、老人は空を眺め、海や西側の空にまたあらわれてきた薄い雲を追って、妙に落着きのないそぶりをしていた。

「さてと、食べたあとにひと休みしたいところだけれどの、すこし急がねばならんようになっておるな」

老人は立上り、また断定的に言った。

口を拭い、丹野は老人を見上げた。

「風がの、また昨日と同じくらい吹いてくるからの、早くなんとかしなければいかんな……」

「何をどうするんです？」

不安気に丹野もぎくしゃくと立上った。太腿《ふともも》や脹《ふく》ら脛《はぎ》がきしきし音をたてるように痛んだ。

「今日もまだもうすこし砂利が動きよるで、早いうちにこの板を打ち込んでおかねばならんな」

「打ち込む……？」

　また何か作業をしなければならないような話を聞いて、丹野はうんざりした。

「ああして板の柵が地面から突き出ておると、風のたわみがもろに当って下にある車に震動がそのまま伝わってしまうからの、放っておくとあんたの車はもっと沈んでしまうんだわ」

　丹野と老人の立っているところから見ると四角い板柵はたしかに海からの風に無謀にたちむかおうとしている愚かな障壁そのものに見えた。

「なあに今度はわけはねえ、かけやをもっていって、あの板をかまわねえからどんどん上から叩いちまえばいいわけだからの。たいした力は要らないんだわ。まわりの板が下に潜れば、車の沈みこむのをおさえられるからの」

　……そうか、確かにそういうことになるだろうな、と、丹野は頷いた。ここまで必死になってあの車を守ってきたのだから、ここでむざむざ砂利どもに捕られてたまるものか、と思った。

「手を貸してやりてえものだがの、かけやを上に持ちあげるまでが近ごろは骨だで」

「いや、大丈夫です、こっちはまだ若いですからね」

　丹野は老人のやかんからもう一口水を呑み、両手にすこし霧を吹いて湿らせてから、かけやを握りしめた。

老人の言うように、今度は地表から突き出ている板柵を周囲の砂利の小山の上に乗ってさらに穴の中に打ち込んでいくだけだから楽だった。

厚い流木の板がワゴン車のあっちこっちにこすれて無数の引っ掻き傷をつくっているのだろうが、それは引っ張りあげた時に塗装の厚塗りをすればなんとかなるだろう、と思った。目下の問題はとにかく車を砂利の下にうずめないようにすることだ。

足元の悪い砂利山の上でうまくバランスをとりながら、丹野は一枚ずつ地表すれすれまで板を打ち込んでいった。

一時間もしないうちにその仕事は終った。

「今度は蓋をしなければいかんな」

穴の縁から首だけのばして中を覗き、老人は軋み声で言った。

「蓋?」

「蓋をしなけりゃ、砂利がみんな入ってしまうでしょうが、本当はこの回りにもうひとつ高い外柵をぐるりとやった方がいいんだけどの」

「外柵?」

「まあせいぜい五十センチもあればいいのさ、あまり高いと風にぶつかって車が揺さぶられてまた沈むからの。外柵があれば砂利がわきによけるわけだ。このままじゃ、蟻の巣と同じようなものになるんだあが……」

　老人はそこでまたひこひこ喉の奥で笑った。

「さっきの板柵をそっくりみんな打ち込まないでいて、五十センチぐらい残しておいたらどうだったたんですか？」

　丹野はすこし腹を立てながら聞いた。

「それは駄目だ。長さが足りねえもの。あのくらいの長さを下に打ち込んでおかねえと、車がもっと沈んだ時に板の柵からはずれてずっとその下にもぐってしまったらもう間にあわねえ……」

　そうか、なるほど、と丹野は頷いた。このいまいましい海岸では、地元の人間の考えに従っているのがとにかく一番いいのだろう、と思った。

　全身の筋肉は骨と骨を繋《つな》げておくのが精一杯だ、ということがわかりねじくれた悲鳴をあげていたが、丹野は今が一番大事なのだ、と全身に言いきかせた。それに今度打ち込む板は短いものでいいわけだから、昨日のような重労働にはならないだろう。

　また波打ち際を歩き、なるべく幅のある短い板を見つけて歩いた。今度は一度に三枚ほども引きずってくることができるので、そういつまでも往復せずに済んだ。

　頭の上を通り抜けていく足の速い薄雲が気になった。昨日とその前の日とまったく同じような午後の陽ざしと風の流れかただったから、また今日の夜も強い風が吹いてくるのだろう、と思った。

さっき打ち込んだ板に添わせるようにして、新しい防風用の板を打ち込んでいった。なるほどこのようにしておけば、風が吹きつけてきて外側の板柵を激しくゆさぶっても、その震動はワゴン車まで到達している長い板にはじかにつたわらない構造になる。

ぞろぞろざらざらという底巻風《うがじ》のはしりが海からころがってくる頃、丹野は自分でも惚々《ほれぼれ》するほど頑丈な外側の板柵を作り終えていた。

すこし高さにばらつきはあったが、平均して地表から七、八十センチの高さがあったので、上を蓋《おお》う板がなくてもこれだけで砂利は殆ど吹き込んではこないような気がした。

そのことを老人に言うと、

「ゆんべの風は二メートルもの高さだったからあれだけで済んだけれども、今夜の風の砂はこの高さじゃもっと飛び込んでくるで。それから雨のことも考えなけりゃなんねえだろうが。底巻風が吹きおわると、結構まとまった雨がおちてきよるで……」

「雨……」

丹野は老人の顔を見て絶句した。雨のことなどまったく頭のどこにもなかった。雨が降ってくる頃まで、この砂浜の穴の下にいることになるのだろうか。それからさらにもっと心配なことがあった。雨が降ってきたらこの穴はどうなるのだろう。穴の中で完全に水につかってしまったらもう今度こそ丹野のワゴン車は、使いものにならないだろう。

「雨はみんな吸いこんでしまうで」

老人は丹野のにわかな不安を見すかすようにして落着いた声を出した。

「これだけ自動車を沈めてしまうくれえのイキオイだもの、この砂漠の中はあっちこっちスカスカになっておるで、水はみんなもっと底の方に吸いこまれてしまうから地表はなんともねえわけだがの」

丹野は黙って頷いた。

「それでもまあ蓋をしておいた方が入ってくる雨がもっと少なくなるから安心だわな」

老人はそう言って、ぜこぜこと咳きこむようにして笑い、最後に大きな咳をひとつした。

「そうか蓋か……」

丹野はまた足を引きずりながら波打ち際にむかって歩いた。足もとにからみつくようなもうかなり強くなってきている風が断続的に走っていた。

暗くなる前に、屋根用に集めてきた重い丸太や角材を並べ終えた。口をきくのも面倒なほどの疲労が全身を襲ってきていた。

老人がまた水と芋と肉の、昼と同じ食べ物を持ってきてくれた。礼のかわりに昨日獲ってきて忘れたままになっていた平伏蟹を老人にあげようと思ったが、昨日放り投げておいたところに見あたらなかった。朝方、この穴の中を覗いていった偏平顔の娘が持っていったのかもしれない、と思ったが、もうそのようなことを老人に話すのも面倒だった。

闇がやってくる頃老人は帰り、丹野も老人の数珠紐を束ねた綱をよたよたつたわって、おぼつかない動作で下に降りた。昨日と同じようにワゴン車のシートと防水布の間にくるまると、すぐにあちこちの細胞組織が泥のようになって溶けだし、シートに黒く重く染みこんでいくのがわかった。


なんだか意識がごろごろ転がっていくような重くとりとめのない混濁の中で目を覚ました。断じていい気分ではなかったが、極限的最悪という訳でもなかった。丸めた四肢の付け根や先端のあたりがあつぼったく痛んでおり、首のうしろの筋肉は硬直して板のようになっていた。

防水布をかさかさいわせて座席の隅に押しやり、丹野は全身をきしませながら上半身をおこした。

すこしずつ意識が明確になっていくまで丹野は小さな息をたて続けに吐き、座席シートの上に四つん這いになったまま、昨日からのことを思いだそうとしていた。

……そうだ、まだおれは穴の底なのだ、と丹野はすこし痛む頭の隅で考えた。それから前の日の朝と同じようにエンジンをかけ、モーターを動かして急いで頭の上のサンルーフの戸をあけた。昨日と違って上から落ちてくる砂利はわずかだった。睡りの方はたっぷりとれたように思えるのだが、まだ夜が明けていないようだった。穴は薄暗く、ひんやりとしていた。

見あげるといく筋もの蒼い線が頭の上にあった。細くて幅のまちまちな蒼い線だった。何本かの木と木の隙間からのぞいていて、それが空の色だ、ということに気づくまですこし時間がかかった。蓋によって外光が隔てられていたからわからなかったのだが、すでに外は昼のような陽光に満ちているようだった。

——そうだ、あれはこの穴の蓋なのだ。おれのつくった蓋なのだ……。

丹野は理解し、薄闇の中でひくく笑った。

それからのそのそとワゴン車の上に立ち、腕を組んであたりを見回した。ワゴン車のまわりの板柵はどこもすこし湿っていて、がっちりと周囲の砂利穴の壁に固定されていた。

昨日のうちにまたワゴン車が沈降したのかどうか、そこから見ているかぎりではよくわからなかった。

頭の上でごつごつと低く重く響く音がして、丹野の周囲がふいにいくらか明るくなった。

誰かが蓋にしていた木を動かしているようだった。見上げていると、三本分の流木がわきにのけられ、蒼空をバックにして誰かが顔を覗かせていた。

眩しいので眼を細め、そのあたりに焦点を合わせると、覗いている人の顔の輪郭に見憶えがあった。

昨日の偏平な顔の無愛想な女に違いなかった。

「おい……」

と、丹野は低い声を出した。

「おい、何をしている？」

女は思ったとおり何も言わなかった。

丹野はその時、ゆうべ昇り降りした数珠紐を束ねた綱が見あたらなくなっていることに気づいた。

「おい！」

と、丹野はもう一度言った。

「じいさんはどうした。じいさんはそこにいるのか？」

女は何も答えず、丹野の言っていることも聞いていないようだった。間もなく柵の縁からついと顔を離した。

「ちょっと待ってくれ、おい、ちょっと待ってくれ！」

丹野は叫んだ。なんだか自分でも恥ずかしいほど慌てた声になっていた。

女はすぐに顔を出し、自分の顔と同じくらいの大きさのものを柵の縁から降ろした。紐のついた容器のようなものだった。女は紐を上手にあやつって、のろのろした動作で丹野の立っているところまで容器をおろした。

容器はなにかの丈夫な木の蔓で編んだ笊《ざる》のようなもので、中に紙や大きな木の葉でくるんだ芋と団子のようなものが入っていた。その包みの隣には丹野の簡易ポットがころがっていた。中は水のようだった。

「おい、じいさんはどうしたんだ！」

丹野は笊をかかえ、すこしカン高い声で言った。女は穴の縁から手を差しのばし、大きくそれを左右に振った。女は黙って同じ動作をくりかえした。間もなくそれは、笊の中に入っていた食物やポットを置いて笊を早く戻せ、と言っているらしい、とわかった。

丹野は笊から手を放し、それが思いがけない程素早い女の動作で空中にたくしあげられていくのを黙って見上げていた。

女はそれからまた蓋を閉め、去っていった。

丹野が穴から再び外に出たのはその日の午後二時頃だった。

今度は老人が竹笊の中に入った食料をもってやってきた。苦労して蓋の流木を脇にずらすと、

「いや、どうも遅くなってしまったの」

と、ひどく済まなそうに言った。それから老人は穴の縁から数珠紐の蔓でこしらえたらしい縄梯子状のものを降ろした。

「このほうがあがり下りがずっと楽になるからの」

老人は明るく軋んだ声で言った。

縄梯子の一方の端が板柵の縁に固定された。連日の重労働によるものなのか、丹野はすこし震える手足で縄梯子をあがり、ふらつきながら砂利の海岸に立った。

「な。この方がずっと楽に昇れるだろうが。このあたりではたいていみんなこれを使っておるからの」

老人はいかにも嬉しそうにそう言った。

丹野は老人の言った言葉を早くうまく理解したいものだ、と思いながら低い声で呟いた。

「このあたりではたいていみんな……？」

それから深いため息をつき、頭上から海の上までつづく蒼い空を眺めた。

「底巻風《うがじ》は今夜もくるんでしょうかね」

「そうだなあ、もうそろそろしまいのころだと思うがの。もう三日ほどの山があったからの」

「そうですか……」

「急だったからあんたも苦労したの」

老人にそう言われると、なんだか丹野は気持の内側がいくらか優しくなるような気がした。

「じゃあ、もう沈むのはそろそろこれでおしまいですか」

「そうだなあ。もうこんなところで収まるだろうと思っておるがの。あとはまあ雨の心配だけだな……」

老人は空を眺め、両肩を揺すりながらまたひこひこと喉の奥だけで笑ってみせた。

爪《つめ》と咆《ほう》哮《こう》

相変らず間が抜けて無用心きわまりない動作で目の前に浮遊してきた中くらいの村田《むらた》肺魚《はいぎょ》を続けざまに食った。その時も気になったのだがやはり爪が伸びすぎていると思うのだ。

中くらいといってもそいつは指でつまむ程度の大きさだから、どうしても指先と指先がぶつかってしまう。その時に爪同士が重なって互いに爪下の隙間に差し込み合うようになるのが私はどうも気に入らなかった。気持が悪いのだ。両手を目の前に持ってきてじっと見る。このあたり婆娑《ばさ》羅海藻が幾層にも漂っていて、しかも今のこの時間は抽斗《ひきだし》棚にぶつかって撥《は》ね返る水螅《ひどら》奔流が細く拡《ひろ》がり、複雑に渦を巻いていて、えらく視界が悪かった。

けれどおそらくそれによって村田肺魚が曖昧ながらも小さな群をつくっているようで、そういうことはこの程度の海棚では滅多になかった。私は気分をよくして、半日程もそのあたりの砂礫《されき》層に両足を踏み入れ、回遊してくる村田肺魚を捉えては口に投げこんだ。中型ばかりだったけれどそれなりの数を口にすればとりあえずの力にはなる。村田肺魚の群にむかって手を振り回すと長い濃淡縞《じま》を引きずった婆娑羅海藻が私の腕や肩にまでからみついてきて、それがさらに視界を悪化させた。

「それだけじゃあなくてなあ、おめえが腕を振り回すたびに足場が動いちまうからよう、下から巻きあがってくる軟泥《うみかす》がどんどんあたりを暗くしちまうんだよう」

何時《いつ》ものように意味もなく乱暴な口調で弦々《げんげん》がわめいた。そうか。たしかに私の立っているところは相当に深く堆積泥《たいせきでい》が溜《た》まっていて、これでは腕を振り回すたびに足がめりこんでいく。だからといって片足でも引き抜いたら、あたりは舞いあがる泥でもっと見えなくなってしまうだろう。

「ねらでねがでり。ねだらねりでらど。ままでいが。ぐつぐつぐつ」

今度はスミスが喋《しゃべ》りだした。やつが喋りだすと、普段おとなしい目良《めら》がじわじわと苛《いら》立《だ》っていく。スミスはもう何の仕事もできなくなっているのだ。やつが脱落しちまったおかげで本来やらなくてもよかった音叉《おんさ》反響による位置探査や鰓《えら》呼吸時の水質感知判断や酸素交換溶媒の補給管理などということまで目良の仕事になってしまった。

「ねらでねろうど。ぬかるぐつ。ぬかるぐつ」

「うるせいこのやろう」

弦々がまっていましたとばかりに怒った。スミスが喋るとそのたびに目良の感知機能に無意味で邪魔なだけの交錯騒音《ノイズ》が走る。

「もういいだろう。だいぶ食ったぜ」

弦々が目良の苛立ちにかまわず私に言った。

「もういい、とは何がどういいんですか?」

私は弦々に聞いた。弦々の言おうとしていることはわかっていたが、このところ益々《ますます》強くなっているやつのあらくれたものの言い方が時としてどうにも気に入らなくなることがある。

「よそへ行こうということだよ」

「よそってどっちの方向ですか?」

「そうだな」

弦々はそこで少し黙った。新しい目的を感知し、その内容を理解し、目的に叶《かな》う方向を決めるのもスミスの仕事だった。だから今は目良がその役を務めなければならないのだが、目良は少し前に、それはやっぱりできない、と私と弦々に伝えてきた。壊れてしまったスミスの代替機能を果すのは目良のいまの能力ではもう完全に手一杯で、四方から集めた情報(それもいたって微細な)だけではそんな大事な判断や決定はとてもできない、と目良は言うのだ。

だからといって、消化吸収機能(と分泌系処理)の弦々や、主として四肢筋力統合指示機能の私なんぞが行くべき方向と目的を決めるわけにはいかない。要するにスミスがあんなふうにいかれてしまったことにより、私たちは半分死んじまったも同然なのだった。

弦々はしかし「こんな程度でくたばる訳にはいかねえよ」と一貫してその強気な物言いを変えなかった。だからといって、沢山の村田肺魚をただもうごねごねと消化吸収しているだけのやつに何ができるのだ――と私は少々うんざりした気分になりながらそう思った。しかしそれでも精一杯気がねして柔《やわらか》い口調をこころがけながら「とりあえず、せめてもですね、もう少し視界のきくところへ動いていきたいのですよ」とできるだけ感情のこもらないように注意しながら目良と弦々につたえた。

「ねるがなるのねらねじつからねじつから……」

スミスがそこに割り込んでくる。つくづく迷惑な奴《やつ》だった。「黙っていてくれよスミス。今は大事なことを私たちで決めようとしているのだから」

「なまぬるいんだよおめえ。そういう言い方がなっちゃあねえんだ。聞いていてむかむかするじゃあねえか。あんな奴きっぱり殺しちまえばいいんだ！」

弦々が凄《すさま》じい声で噛《か》みついてきた。弦々のその気持はわかる、私だってこういう時にスミスが割り込んでくるたびに正直な話やつをどうにかしたくなる。しかしだからといって、私にも弦々にもスミスをどうにかすることはできないのだ。何もできないのだ。

「いいですよ、なんとかしますよ。間もなく中層海溝三方向からの反転流が集まってくる時間だから、それにうまく乗って上昇のきっかけがつかめるかどうかってところです。

だから早く足をそこから引き抜いて下さい。このままほうっておいたらもっと下の凝結泥濘《でいねい》層にはまり込んでしまって少しばかりのことじゃとても出られなくなっちまうんですから……」

「またかよ。このやろう」

弦々が吠《ほ》えるようにして言った。

「だから出るんです」

精一杯感情を抑えてはいたが、しかしあきらかにうんざりした口調で目良が言った。

もうどのくらい前のことであったか、正確に思い出すことはできなかったが、おびただしい達磨鱏魚《だるまえい》の群を追って天牛《かみきり》海流の三層渦巻の下でたらふく獲物をたべていたときに、何時の間にかとてつもなく長大な粘着ケルプにからめとられてしまって随分長い間そこから脱出できずにいたことがあった。まだスミスがきちんと元気な頃で、私たちはスミスの指令のもとにそれぞれの役割りにすべての力を集中させて、その苦境を乗り切ろうとしていた。弦々が私たちみんなを面白がらせることを意識して口のまわりに漂っているおびただしい量の粘着ケルプをむさぼり食い、見事に隅々まで消化して緑褐色の排泄澱《はいせつでん》を、腹肋《ふくろく》ガスのたっぷり混った爆裂噴水のように、激しく上流層に吹きあげてみせたりした。それは数日間続いた幽囚の鬱屈を確実に強い闘志に鼓舞転換させていく力になった。あの頃はすべてがうまくいっていた。私は目良の管理するアイルカイブを分析し、私の情報感覚上の内示ディスプレイに注意力を集中させる。それから感覚上のフラットケーブルを操作する。

「ブートストラップの要領でいいんですよ」

と目良が私あての親切なサービス表示を送ってくれる。どんなに大きな操作でも、最初はブーツの皮ひもを結ぶような気分でいけばいい、ということらしい。目良のそういうサゼスチョンは私の不必要な気負いを確実に軽減させてくれた。

私の操作指令で私たちの巨大な足の片一方は幾重にもからみついた粘着ケルプに漸《ようや》くひとつの小さな亀裂を刻み、まさしくそれはブートストラップの連鎖反復でじわじわと次から次へと新しい亀裂をこしらえていった。からめとられていた手が動きだし、私はそのムーヴメントの復活をスミスにつたえる。その頃からじわじわと疲労の重なっていたスミスは時おり睡《ねむ》っていたが、元気な頃の彼の反応はいつも素早く的確で、その程度の睡りは何の問題にもならなかった。


反転流に巻き込まれつつあった。吹きあがっていく激しい上昇海流によって海雲《うんむ》のような砂礫と厖大《ぼうだい》な深海性プランクトンの混じった泥濘が濃厚に広がっていき、視界を再び閉ざしつつあった。目良から新しい平衡コントロールのデータが入ってこないので、私たちの体がいまどの方向に向いているのかわからなくなっていた。反転流の吹きあげによって両足は自由になったようだが、もしそのまま上昇しているのだとしたら間もなく内気圧の膨張がはじまる筈《はず》だった。

続いて起こるだろう脳圧逼迫《ひっぱく》上昇とその苦痛を私は感知できない。そういう予兆をとらまえ、転換すべき方向と四肢駆動の力量配分の指示がほしいのだが、それはいくら待っても何もこないのだ。

「ちくしょうどこを向いているんだ」

弦々が呻《うめ》きだした。私も目良も黙っている。私は何もわからないから黙っているのだが、目良だったらその残存能力からいって少しは感知できる筈だった。厚い鱗《うろこ》状になった鎧棘皮《がいきょくひ》を通して激しく流れていく海流の擦過流速を計測することぐらいはできないとおかしい。心配になって私は目良を呼んだ。返事はなかった。私はふいに小さな不安を覚え、それは急速に膨んでいった。私や弦々が感知し得ないだけで、もう私たちの体はさっきの砂礫層の海棚から一気に海面間近のところまで吹き上げられて、目良もまた激烈な内圧膨張によってスミスと同じようにやられちまったのではないか、と思ったのだ。

「目良、このやろう。返事をするんだこのやろう」

弦々がわめいていた。口調は相変らず乱暴だったが、おそらく弦々も私と同じことを考えて怯《おび》えているのに違いない。奴とも永いつきあいになっているから今の私にはそのくらいのことはわかる。

「海流を吸いこむことはできるんですか？」

私は弦々に聞いた。

「だめだこのやろう。圧力があってさっきから口がびくりとも動きやしない。どっちかへむかってとんでもない早さで流されているんだよ。まったくこのやろうだ」

「これで目良がいかれていたら、いよいよ私らもおしまいですね」

「余計な心配ばかりしやがって。だからおめえはいくじがねえと言っているんだよ」その時、

「私なら大丈夫ですよ」といきなり目良の声がした。

嬉《うれ》しかったが、同時に腹立たしい気もした。大丈夫ならどうしてずっと黙っていたのだ。いったん閉ざした筈の私のその思考は透過遊走神経によって目良にすぐ伝わったようだった。

「すいませんでした。水流水量検索に集中しなければならなかったので応えている余裕がなかったのですよ。あそこの反転流はふたつの大きな段差海峯《かいほう》の間を走っていたので、たいした上昇はなかったようです。だから可吸態窒素もアルゴンも体内配分比には変化はなかったようです」

「なにもたいして変りはないってことか」

弦々が割りこんで聞いた。

「ねらがらつら。がらつらでら。ぐつぐつ」

スミスがわめきだした。

「うるせいこのやろう」

「ならかつら。みろだろが。うわがつら。もれでろいで。ねらもれだらみろ。みろぐつわぐつれ」

今度のスミスはしぶとかった。

「何か言ってるんです！」

苛立ちながらも目良が注意深く言う。

「何を言っているのかわかりますか？」

皆が黙りこむとスミスも黙りこんでしまった。

「わかりません。しかしもしかすると早く姿勢を安定させろ、ということをつたえているのかもしれません」

「やろうにそんなことがわかるのかよ。もう完全にくたばってるんだぜ」

「時々どこかの感知回路の一部が戻るのかもしれません。スミスの中ではまだかろうじて何か正常に機能しているところがあるのだと思います」

「しかし……」

私は言った。

「そんなことよりも、今私たちはどうしているのか、ということのほうが……」

やっぱりスミスよりも今知っておきたいのは自分らのことだ。

「さっきよりおそらく三百メートルぐらい上昇したあたりの丘状疎岩《そがん》帯にいます。さっきと較《くら》べたら海流がだいぶ澄んできましたから、視床板につながる細毛神経を意識の上で結束するようにしてください。海流の温度差でいくらか偏光屈折があるので妙な風景かもしれませんがさっきよりはずっとましな筈です」

目良の言ったとおりにすると少しずつそのあたりの海底の様子が見えてきた。朧《おぼ》ろげでも自分のいる場所の周辺が見えるということは有難かった。さっきは有光層ぎりぎりのところだったのと、浮遊泥や有機粒塊の群生が次々にまとわりついてきて村田肺魚が目の前にくるのがどうにかやっと見える程度だったから、気分としては随分ちがう。私は翼状筋と外転筋に刺激伝達し、いまかろうじておよび腰で立っているらしいその場所に両足を踏んばってしっかり直立できるように平衡筋のバランスをとった。大きな岩棚のすぐ下にいるからなのか海流抵抗はたいしてなかった。足元にあるのは砂岩質のようで、たいした沈降はなかった。ところどころ唐突に黒くて巨大な岩が見える。海底すれすれのところに頭足類のたぐいが動いているようだった。ぼやけてはいるがヨハンソン紅大烏賊《べにおおいか》の群がいるらしい。

あいつを獲《と》るぞ、ということを弦々に伝達し、少し腰をかがめて両手を振り回した。数十匹いたうちの一匹が右の手の中でもがいていた。両手でもっと摑《つか》めるものと思ったのだがなんとも腑甲斐《ふがい》無い。摑んだそいつを目の前に持ってきて、よく確めた。

やはり爪が伸びている。伸びすぎていて、からの手を握ると、指先の爪が掌《てのひら》に突きあたる。

スミスの機能が何も働いていないので痛覚がないからよくわからないが、しかしもっと目に近づけてよく見るとたしかに爪の先端が掌に喰《く》いこんでいるのだ。この爪をもっと短くしたいものだ、と私は再び思った。どうしたらいいのだろう。

ヨハンソン紅大烏賊はたちまち喉を通過し、弦々がこれっぽっちじゃなんのたしにもならない、と透過遊走神経で怒っていた。私は再び目をこらし、足もとの埋在生物を捜した。足で海底を搔《か》くと埃《ほこり》のように白い砂が舞いあがり、かなり大きな夷貝《えびすがい》がごろごろ転がり出てきた。両手でそれを掬《すく》いとり、数個ずつ口に放り込んだ。三重になった円形鋸歯《きょし》ががりがりいってよろこんでいる。堅い殻を嚙み砕くのは久しぶりのことでなかなかいい気分だった。

その場所に留《とどま》っていれば、ヨハンソン紅大烏賊だけでなく深海性の袋鱏《ふくろえい》や突目嘴魚《とげめうお》、そして巨大な火口高足蟹《ほぐちたかあしがに》などがいくらでも捕食できたので、海流が変らずにいる間はそこを動かずにいることにした。目的もなくうろついているのはあまり賢いことではない、と私たち三人の意見が珍しく一致したのだ。

目的と行き先はスミスだけが感知できた。すでに相当くわしく蓄積されているであろう情報を目良が内側縦束神経を使って搾ろうとしたが、どのようにしてもそのディレクトリ（データ指示子）さえつかむことができなかった。

「おめえはなんで徴用されたんだっけなあ」

弦々がいきなり目良に聞いた。それはもう随分前から何度も聞いて充分知っていたのだが、弦々はわざとまた聞いているのだった。

「デバッギング違反です。常習の」

「そうだった。おめえは悪どい回線泥棒だったんだよなあ」

「はい」

「じゃあなんであのぶち壊れたスミスの漏斗管程度の隙間に入っていけねえんだ？」

「ですから何度も言っているようにあの人の神経頭蓋が溶けてしまっているので、いくら偽繊毛体《にせかいかい》を使っても通過合成することができないんですよ。つまりあの人には通常の騙《だま》しがきかないんです」

「もういいじゃあないですか」

目良が気の毒になり私は口をはさんだ。弦々はもうそんなことはどうでもよくて、自分のことを自慢したいだけなのだ。

「スミスの防護神経を全部食いちぎってしまうくらいの根性で繊毛体をこじいれたらどうなんだこのやろう。のるかそるかでやってみたらどうなんだ。生きるか死ぬかだよ。いいか目良。おれはこの中でただ一人の志願兵なんだ。はじめっから覚悟が違うんだよ。おれがもしおめえの仕事位置《コントロールポジション》にいたら動かせる縦走索の全部を使ってしゃにむに潜りこんで野郎の結束管をずたずたにしてでも何かしてやるぜこのやろう」

「でもしかし」

「しかしもくそもあるか」

「やめましょうよ」

私は割り込んでもう一度言った。相変らず鮮明度は悪かったが、背後の岩棚から何かの球状群体がわらわらと回りこんでくるところが見えた。捕まえるのではなくてその球状群体に頭を突っ込み、口をあけて濾過膜《ろかまく》吸引したほうが話は早そうだった。私は移動開始を目良と弦々に伝え、両足を踏んばって少しだけ浮上した。水掻きのない手を広げて前後に動かしてもたいした推進力にはならないが、巨大で濃厚密度塊状となってやってくるその球状生物の中に全身を突っ込ませることはできた。

そいつは小魚ではなくてもっと細かななにかの臍嚢《さいのう》（卵黄袋）だった。生体思考はないからやつらは逃げ去ることができない。私はうまく全身をコントロールしてその濃厚な球の中を泳ぎまわり必死にそいつらのすべてを吸飲した。これは相当なエネルギー源になる筈だった。夢中になってそれらの七割がたを呑《の》みつくした。残りの三割は求心力を失い希薄に四辺に流れて溶解したが、捕食量はもうそれで充分だった。感覚的な疲労を感じて少し思考を放りだしていると、弦々が何の伝達もなく排出噴気孔を開いて大量の糞《くそ》をした。

「ねらつがらね、ねらがつ。ぐつぐつ」

スミスがだしぬけに騒いだ。

「うるさいですよ！」

目良が冷静にそう言った。

「目的物がなければおれたちはここでただもう食って糞してるだけの大馬鹿野郎なんだ。なあそうだろう、そういうことなんだろうこのやろう」

弦々がまた騒いだ。

（うるさい）

そろそろいいかげんに弦々にそう言いたいところだったが、あの弦々の強がりはいまの自分らの虚《むな》しさや悲しみの裏がえしなのだということも私はよくわかっていたから、やはり黙っていることにした。弦々は時おりその激しい思考を閉ざして束の間の眠りに入っているようなふりをして、しかしその内側でふるえながら慟哭《どうこく》しているのを、私は幾度か感知して知っていた。

「たぶんこれは初めて聞くことだと思うけどな」

弦々がさっきよりもいくらか感情を抑えてまた喋りだした。

「おれたちはいったい正直なところどのくらいの距離のところにいるのかだよ。このろくでもねえ大食いの大糞たれのことじゃなくておれたちのことだぞ」

目良も私もすぐにはこたえなかった。正直なところ私も正確にどのあたり、と言われるとはっきり答えることはできなかった。とくに私は弦々とも目良ともちがって四肢を含めてもともとの人間としての私の体の殆《ほとん》どが機能停止したあとにここに相互受託移植をほどこされたのだ。

「脳髄なんて小さなものですから、おそらくみんなきっとこいつの脳幹のまわりに集まっていると思うんですよ。もしかすると結腺は直接埋込みになっているのかもしれない。そのほうがあきらかに結合精度は高いでしょうからね」

「じゃあスミスの役立たずもこのあたりにいるという訳だな」

「きっとそうでしょうねえ」

「ねらがくるっるら。ねらがるどねらぐらぐつ。ねらからるら」

三人の回路にスミスのわめくような、しかしまったく役に立たない伝達思考が流れた。

やはりスミスには我々の思考を感知する力がいくらか残っている——と思わざるを得ないすばらしいタイミングでもあった。

目良がつないでいる視神経節に何かの障害があったのか、岩棚と海流の境界が暗く曖昧なものになり、生体電流ノイズらしいものが横走りにはじけた。風景は急速に収縮し、水平狭窄《きようさく》があらわれた。視界が閉ざされていくときはいつも虚しい気持になる。

「どこか具合が悪くなっているのですか？」

もし目良が目下のこのトラブルに対処して彼の意識をそっちの方へ必死に集中させているところだったらいかにも迷惑な呼びかけだろう、とは思ったが、私は聞かずにはいられなかった。視界が閉ざされていくやりきれない閉塞感はこのところ急激に強くなっている。

私の呼びかけに目良は応じなかった。やはり何かおきているのだ。こういう時に私より早くわめきだすだろう弦々がずっと沈黙しているのも私には妙に不安だった。生体感覚的にいえば非常に息苦しい状態になっていたが、消化、分泌系を管轄する弦々のところにはきわめて微細な視覚情報しか送られていないことに気づいた。つまり弦々はもともとたいしてあたりを見ていないのだ。

「海流が変わってきました。そろそろ上昇して下さい。流されるのではなくて歩行移動でとりあえず浅海水層帯まで進んだほうがいいようです」

ふいに目良の明確な声が流れてきた。風景もゆっくり戻ってきた。あたりはさらに暗くなり、沢山のうねり藻が早いスピードで上方にころがっていくのが見えた。海流はいつの間にか逆の方向に動いていた。

夜が近づいてきているのだ。

私は意識を集中させて両手を大きく開き、見える範囲の岩を次々に摑み、上昇海流を利用して歩きだした。四肢には根本的な異常はない。左の足のどこかに軽い驚動反応があるのはまた絎針玄華《くけばりげんげ》がそのあたりに穿入《せんにゅう》針を何本も突き刺してかじっているからなのだろう。やつはいやらしい腓骨《ひこつ》喰《ぐ》いの寄生海羊歯《うみしだ》だ。スミスが機能していないのでやっぱり痛さは感じない。痛くないからといってそのままにしておくと、やがて左足のとんでもないところまでやつにすっかり喰いつくされてしまうかもしれない。足がそのあたりで溶けて折れてしまったらどうなるのだろう、ということをすこしの間考えた。目良に相談したらなんとかなるかもしれない。足をもっとよく調べるためには水から全身を出した時のほうがいいのだろう。弦々は黙ったままだ。また回路を閉ざして泣いているのかもしれなかった。私は歩き続けた。上昇海流が私の背後をそっくり押し続けてくれるので、私は早い動きでしだいにせりあがっていく堆積岩の起伏を移動していく。回遊魚の群があちこちで動いている。浅い摂食水流帯に入ったのだ。いまはそれらをとらまえて捕食しなくてもよさそうだった。弦々がそう望めば別だったが、彼はいまそのいくつもの群に気がついていないようだ。足は膝のあたりまで砂の中にめりこんでいる。でもその程度なら歩行にまったくさしつかえなかった。

もう有光層のかなり上のほうにまで来ているのだろうが視界の明度は変らなかった。暗くて深い底から上昇してくるスピードと、夜がその闇の濃さを増してくるスピードがちょうど同じくらいになっているのかもしれない。このまま目良は陸を目ざせというのだろうか。足元の丸礫砂岩《ごろまるいし》はしだいにその抵抗を弱め、海底は急速に泥濘化してきた。水に脂質がたっぷり混ってきている。海上は相変らず脂雨《しう》に打たれているのだろう。何をどう間違えたのか頰刺海豚《ほほざしいるか》が胸元に擦り寄ってきた。そいつの頭と丸い尾を摑み、両手で軽く引き捩《ねじ》った。弦々が沈黙しているので口の中には入れなかった。だいぶ上昇している。頰刺海豚のちぎれた胴体から煙のように噴き出てくる赤い血の色まで識別できるようになっている。体が前後にゆさぶられるのはうねりと波がけっこうあるからのようだ。

ここまでの浅海帯にやってくるのは何日ぶりのことだろう。けれどこんなところまであがってきても、我々には闘う目標物がわからない。

海面からふいに私の頭が出た。鰓《えら》の抽水弁を閉じ、背孔《はいこう》をひらく。私が回転筋に刺激を与え、目良が隔膜呼吸の予備作動に移る。ねっとり厚くそして重く光る表層油膜が見える。うねりと波がそれをかき回し、激しい脂雨がそれらのすべてをまんべんなく叩《たた》いている。

口を大きくひらき、私は体内に溜《たま》ったありったけの腔腸《こうちょう》ガスを吐きだした。吐きだす時の音はかなり強烈なものであるらしいが、私の限られた可聴領域ではそれがわからない。

波の打ち寄せていく方へもう少し進んでいくべきだな、と私は判断した。海面から両手をあげてゆるやかにそれを振り回す。うねりと波があるだけで大気はたいして動いていなかった。

「このやろう。どうして頬刺海豚を食わなかったんだよう」

弦々がいきなり喋りだした。

「睡っていたのではなかったのですか?」

「誰が睡っていたんだ」

「海上に出ましたよ」

「知っているよ。だからおれがそう言ったんだろう」

話し方は乱暴だったが、言っていることに力があまりなかった。私に噛みついているのだろうが、たいした噛みつく理屈にはなっていなかった。力の弱っている弦々は私には悲しかった。

理由のわからない膨れあがる思いがあって、私は口をひらき、背孔から吸い込んだ脂雨まじりの大気をそのまま吐きだした。脂雨まじりのガスと大気が噴霧状に吹きだされていくのでまたさっきとは少し違う咆哮《ほうこう》がうねりの進んでいく先に轟《とどろ》いているのだろう。スミスはどうしているのだろう。と、私は咆哮のあとに思った。私の思考を感知していますぐにスミスが何か喋りだせば、彼の脳の感知能力のどこかがまだ生きていることの確信を深められるのだが……。自分でも信じられないくらいのほのかな期待がそこにあるのを知って私は一人で少しだけ鼻白む。

しかしスミスは沈黙したままであった。

「斜め右方向に沈船があります。気をつけて下さい。波濤《はとう》に隠れているのです」

目良の伝達が入った。おそらくその沈船は単なる事故によるものではなく、今度の戦闘で撃沈された一隻であろう。この海域には必ずそういう艦船が沈んでいる筈であった。私は興味をもった。それが敵のものであるのか、味方のものであるのか、それだけ知るのでも有効な情報になり得る。

沈船のあるところはすぐに視認できた。大きな岩礁と同じようなものだから、そこに波濤がぶつかって激しく泡だっている。正面から接近していくと、我々の巨大な体も前後に揺さぶられて安定を保つのが難しかった。打ち寄せる波濤の反対側に回りこんで改めて接近していった。横だおしになったそれは私達の識別範疇《はんちゅう》にはない不思議な形を舷《げん》した砲艦だった。人間サイズの乗組員だったら数百人は必要なスケールであったが、側《そく》の厚い鋼板が捲《めく》れて船室の一部が剝《む》き出しになっていた。それにしても不思議な構造であった。左右の舷側に翼が突き出ていて、竜骨の下にさらにもうひとつ重なるようにして船尾に向って伸びていく第二竜骨のようなものがあり、その尾部は焼けて溶壊していた。もしかするとこのようなものが我々の戦うべき相手であるのかもしれなかった。

捲れた鋼板を摑んで、それをもう少しこじあけてみた。たえず脂まじりの波濤が打ちつけるので、もうあらかたの艤装《ぎそう》は波に持ち去られてしまったようだった。私は船室と船室の間の鋼板の隙間に片手の爪を差し込んだ。ふいに思いついたのだが、伸びすぎた爪を折るのにそれは丁度いい具合だった。爪の端に切り傷を入れて少し横に引き裂くようにすると、うまい具合に斜めに折り切れた。そのようにして次々に伸びすぎた爪を切り取っていった。まさかこんなところで気になっていたことのひとつが処理できるとは思わなかったので私はすこぶる満足していた。

「もうすこし陸に近づいてもらいたいのですよ」

目良が遠慮気味に言った。

「いつまでこんなところにいても電荷水母《くらげ》ぐらいしか流れてこねえだろ。それも脂にまみれたやつしかいねえ」

そう怒鳴るのが役割りのようにして弦々がわめいていた。爪を折り切っていたことを、弦々はまったく気がついていないのだろうか、と私は彼の声を聞きながら考えていた。

沈船からさらに陸に近づいていくと、急に水深は浅くなり、我々の体がいきなり腰のあたりまで海面からとび出してしまった。

闇はさらに濃さを増し、もう間もないうちに夜になろうとしていた。脂雨は降り続き、その濃厚な雨のつらなりを通して陸のほうに僅かな明りが見えた。そこからの距離がそうさせているのか、脂雨がそれを歪《ゆが》めているのか、あるいは目良が繋《つな》いでくれる私の視覚そのものが壊れてそうなってしまうのか、はっきりしたことはわからなかったが、仄《ほの》かな明りはだいぶ上下にひしゃげていた。しかしそれが陸の上の人工月であるのは間違いなかった。この人工月をめざせば、我々は着実に陸に接近していくことができる。嬉しくなって私はまた背孔をひらき、沢山の空気を吸い込んだ。背孔の開閉襞《ひだ》が急激な空気の吸引に擦過痙攣《けいれん》を起こしているらしいのを微《かす》かに感じる。それでもかまわず私は力を込めて吠《ほ》えた。酸含脂雨にぼやけて霞《かす》む低高度の人工月にむかって、そうやって長いあいだ、私は咆哮した。

スキヤキ

戦争から夫が帰ってくるという知らせが届いた。ごく簡単な電送文字だった。戦闘宇宙船もしくはスルガ式二重螺旋《らせん》移送機とかなんとかいうようなもので地球に帰還する途中にその連絡を発信したらしい。

文字は機械が打ったものだが、その短い文章のむこうにまさしく夫の息づかいがあった。

「帰ったらスキヤキが食べたい」

一番最後にそう書いてあった。

あたしは買物の仕度をして町へ出ることにした。スキヤキの材料を手に入れねばならない。

アパートのドアをあけると隣の間宮《まみや》さんの玄関口のところに濡貘《ぬればく》がのさりと横たわっているのが見えた。ぴくとも動かず、表皮のぬめりもまったくないので死んでいるらしいけれど、あれじゃあ間宮さんが部屋を出ようとしても重くてドアがあかないだろう。かといってわざわざあいつを取り除いておいてやるほどあたしは暇じゃあない。

鉄とコンクリートでできたアパートの階段を降りようとしたらあたりに一瞬閃光《せんこう》が走

ったのであたしは反射的にヘルメットの遮蔽ゴーグルを降ろした。午後のこの時間帯に爆発するのは顎無岳《あごなし》か薄毛山の横疣《よこいぼ》火山に決まっている。このふたつのろくでもない山はこれでそろそろ一カ月以上も互いに競いあうようにして噴火爆発を繰り返しているからもう市街地にまで火山弾を撒《ま》き散らす力はなくなっているようだ。

この火山の爆発も敵の仕掛けた作戦だった。いまの閃光だけではどっちの火山かわからないが、横疣火山のほうだと数秒おいて黄笑ガスを放散してくるので目と鼻を保護しておくほうが安全だ。もっともあたしの赤眼ゴーグルにくっついている簡易防臭防塵《ぼうじん》鼻あては内田万能耳鼻栓の一号試作品、通称つなぎめんたまという旧式のやつだから、黄笑ガスが八十五パーセント以上の濃度を伴っていたらかえって危《あぶな》いらしい。それに加えて見てくれもなにしろ《つなぎめんたま》なのだから、こいつをつけたまま鏡を見ると吹きだしてしまう。せめてフォンディーユ社の耐酸耐熱フルフェイスマスクぐらいをかぶって歩きたいものだ。

アパートから掻又《かきまた》通りに向う狭い路地は先週末に溢《あふ》れた背黒川《せぐろがわ》の氾濫洪水残存物がまだいたるところに残っていて、死んだ動物どもの腐った臭いがものすごい。あたしが歩いていくと長さ五十センチもある泥吸《どろすい》がいかにもひとをこばかにしたように全身をぐねぐねさせて灰銅色の有機泥濘《でいねい》層の中にもぐりこんでいった。敵の攻撃によって火山は爆発し、川は氾濫しもうあっちこっちめちゃくちゃになっている。

搔又通りに出るすこし手前のところで室井《むろい》さんの奥さんとばったり出会った。

「またバクハツしたようで……」

室井さんはムウル社のフルフェイスマスクをつけているので、防護ガラスのむこうの化粧した顔がそっくり見える。

「本当にうるさいことで……」

通りで立ち話などしていると狡猾《こうかつ》なこね虫どもに襲われる危険があったからあたしはすぐにそこをたち去りたかった。ましてやこの《つなぎめんたま》の顔をしみじみ眺められたくない。あたしと室井さんの話を嬉《うれ》しがってでもいるように「どひょおーん、どひょおーん」という横疣火山独得のすこし捩《ね》じ曲ったような爆発音が聞こえてきた。いい塩梅《あんばい》でその音にせきたてられるようにして軽い会釈をしたあとあたしは素早く路地のむこうへ歩き出した。

道はいたるところぬかるんでいて、鼻あてをしていても吐酸菌の臭いがものすごい。足削《あしけずり》の交叉点《こうさてん》のところで赤茶色の毛を泥だらけにした中型の犬があたしの顔を見つめて地面に唾を吐いた。泡のまじった狂瀾《きようらん》性の唾だ。

「わじゃろうわあが！」

赤犬はあたしに何事か言った。眼《め》が人間の酔っ払いのように不吉に赤い。もともと犬どもの話すことはおそろしく聞きとりにくいから何を言っているのかあたしにはさっぱりわからない。

「わかりみを、もろとうかわ」

赤犬は泡まじりの涎《よだれ》を垂らしながらあたしの方へ近寄ってきた。口をあけるとまだ充分に長くて鋭い上顎の犬歯が二本ともむきだしになる。

「え？」

あたしは恐怖を気どられないように腹の真ん中あたりに力を込め、すこし腰をかがめた。

しゃがむのと同時にベルトのうしろに挟んである跳銃《はねだま》に手を伸ばそうと思ったのだけれど、犬どものこうした動作を見抜く力はもの凄《すご》く、もう何人もの人間が喉を噛《か》み裂かれて死んでいるのを見ているから、そういうふうな作戦や方法を瞬間的に思考したとしてもあたしの手はまったく動かなかった。

「かわら、わあってよ、わわわわ」

赤犬はもう一度ばさついた声でそう言うと一方的に空疎に笑った。仕方なくあたしも愛想笑いをする。赤犬は赤い眼であたしの顔を用心深く眺め直し、腰をおろすと右の後足で素早く耳のうしろのあたりを掻《か》いた。乾いた泥のこびりついた赤い毛が湿った埃《ほこり》のようにあたりに飛び、そのうちの小さなひとかたまりが黒い水たまりの中に落ちた。

「じゃあ行くわよ」

あたしは用心しながらそう言った。そのとき人通りの殆《ほとん》どない足削の交叉点の向う側で大きな羽音がした。嘴《くちばし》の白いあきらかに異態進化した大型の烏《からす》が低く滑空してきて、威嚇するように羽根をひろげ、こっちを見て「くえけくえけ」とまず烏そのままの声で啼《な》いてみせた。

赤犬はそれを見て低く喉の奥を鳴らし、あきらかに気に入らないそぶりで軽くしゃかしゃかと泥ばかりの地面を片足で掻いた。

「くわっちるかだあくえけくえけ」

大烏は羽根をゆっくりたたみ、かちかちと白い嘴を鳴らし赤犬を睨《にら》みながらそう言った。

「どうしたのよ！」

あたしは低く押さえた声で赤犬に言った。赤犬はあたしの顔を見つめ、それから道の向い側の大烏を見つめてまただらだらと涎を垂らした。

「ごわっほっからわ」

赤犬は前足をもう一度泥の地面の上にこすり、誰にともなくそう言った。それから前足を伸ばしていかにも目下の退屈から意識を別のところへ移そう……とでもいうようなしぐさをした。大烏が首を回して赤犬を左右の眼で見据え、それからさっき赤犬がやったのと同じように自分の細く鋭く尖《とが》った指先の爪で地面を掻いた。

その時だった。赤犬はいきなり四肢を合わせて大地をとび跳ねると歯をむきだして猛然と道路を突っ走った。大鳥はその動きから一瞬遅れて羽根をひろげ、鋭い爪で大地を蹴った。ばさばさと激しく羽根が舞いそのまま大地から四、五十センチ飛び上ったところに赤犬が跳びついた。

あたしは後ずさり、ベルトの内側から跳銃《はねだま》を抜きだすと素早くそいつを構えた。しかし鳥と赤犬はもうあたしの存在を一切抜きにしたところで激しくも愚かで騒々しい死闘をくりひろげていた。

あたしは早足で足削の交叉点を通りすぎ、そのむこうに何台も積み重なりひしゃげて潰れた自動車や、瓦礫《がれき》のひろがる道を歩いていった。

「スーパーグッデイ」はその瓦礫のひと塊を越えたところにあって、二十四時間営業という訳ではないが、このあたりでは最も品数の豊富な大手スーパーだった。駐車場も地下と屋上にあって収容能力も大きく、その誘導路もわかり易《やす》い。入口は二箇所、戦争が始ってから建てられているので入口にはカード照合式の入店チェックシステムがある。買物に用のない、思考と愚痴だけの喋《しゃべ》る犬や猫、カードも持つことができない程の貧乏人らをそこでシャットアウトするためにある。西側入路はカード照合機が並べられてあるだけだが、北側地下の駐車場入口は子供らを喜ばすために「おまっとうおじさん」が立っていて、いつでも愛想良くにこやかに笑ってカードをチェックしてくれる。あたしは子供じゃあないけれど、機械が中性的な声でカードの出し入れを指示する西側入口より、この「おまっとうおじさん」のいる北側地下の方が好きなので、いつもすこし回り道をしてそこから入る。

どうしてこのおじさんが「おまっとうおじさん」と言うか——はとても簡単なことで、夕方時などに客が殺到してきてここに並んですこしでも待たされると、実にあざやかに気分よく顔や体をくねくねさせ体を大きくしたり小さくしたりして「ハイ、おまっとう！」と声をかけてくれるからだ。

でもその日あたしが行った時間はまだ早い午後で、ここに並んで入店を待つ客はいなかった。おじさんも退屈らしく、しかも少々疲れ気味のように見えたので、あたしは「どうしたの、元気だしなさいよ、人気者なんだから」と、いつものように励ましてあげた。するとおじさんは顔をパッとあからめて「ハーイ、ごめんなつあーい。元気でつよう」と、かなり無理のある幼児語で言った。

「無理しないでいいのよ」

あたしはもっと陽気にそう言って、まあとにかくそのまま地下の食料品売場に真っ先に向ったのだった。

あたしは戦争に行く前の夫の顔や声を思いだし、夫の大好物のスキヤキのぐつぐついう鍋の中を改めてしっかりと思いだしてみた。あたし自身は低カロリーのクリック料理やハワ麦のパンなどが好きなので、スキヤキを作っても夫と一緒に食べるということはあまりしなかったが、それでもスキヤキを実にじつにおいしそうに食べている夫の顔を見るのは大好きだった。

「スキヤキに必要なのは……」

あたしは頭の中に白い紙きれを思いうかべ、それをメモのようにしてスキヤキの材料を書き入れていった。わざわざそんなことをしなくてもスキヤキの材料くらいあたしの頭の中にすっかり入っている筈《はず》だったが、永い空白の時間をのりこえて、夫がいよいよ戦争から帰ってくるというので、やっぱりあたしは気持のあちこちを上気させているようで、きちんと頭の中のメモに書き入れておく必要があるようだった。

（まずなんといっても長葱《ながねぎ》です……）

あたしは頭の中のメモに大きく書き入れた。

（続いて白菜にしらたき、焼豆腐にしいたけ……、勿論《もちろん》牛肉とそれにタマゴもいるわ……）

あたしは頭の中に並べられたそれらの太書きの文字をずらりと見つめ、改めて満足した。

（さっそくそのひとつひとつを買いましょう……）

買うといってもまだたいへんな戦争のさなかである。大きなスーパーの生鮮食料品売場といってもそれらのものがすべて新鮮な生のもので揃《そろ》っているという筈はなく、すべての品物はパックされたフリーズドライ製品かあるいは疑似素材の摸造品《すりよせ》であった。フリーズドライ製品の集められている、《CP3》の表示コーナーはあたしの好きなところで、ここにはいまはまだ粉のようになった少々頼りなげな袋詰め商品しか並んでないけれど、家に帰って熱い湯を注いだら瞬時のうちにかつての地上の楽園風景が再現されるのだ。あたしはいつもここで買っていくグリーンピースのひしゃげてしわしわで打ちひしがれた青い粉々のすべてが、湯の入ったボールの中で見る見る勇気と力と愛情に満ちあふれた緑のまんまるい粒々にふくらんでいくのを見るのがうれしくってたまらなかった。

フリーズドライ製品の隣は摸造食品で、こっちの方はまったく昔のどこでも普通に見られたスーパーの生鮮食料品の売場と変るところはなかった。

あたしはなかでもとりわけ摸造タマゴが驚異で、ヒジル軟性プラチマチリンでつくられているというすなわち本物そのものの感触と寸分たがわない殻を割り、中からやはりこれのどこのどれが工業製品なのかと思えるようなどろりねろんとした黄身と白身を見るといつも心の底から首をかしげ深く深く考え込んでしまうのだった。

あたしはいつもと同じようにかろやかな足どりで、頭の中のメモの品々を買物ボックスの中に入れていった。

店の中には戦争前に大ヒットしていたサイボーグ歌手プラズマ・キッド、ハーリー・デンプシイの「片腕のしあわせ」が低く静かに流れていた。戦闘に行く機械と人間のハーフ&ハーフが恋人のためにかつて彼女を抱いていた片方の腕をこっそり置いていく、という悲しく激しい内容のものだった。

あたしはこのうたが好きで、この店のセールスマネージャーにBGMの希望として何度も頼んだことがあった。

（そうか、そういえばいまやってるこのワールドディスク盤こそ、あたしがレコードそのものを家から持ってきてマネージャーに渡したやつじゃないの。あのツーフレーズめのハーリーのかすれた声の出しかたはそれに間違いないわ……）

そのことに気づくとあたしはまたゆったりと、楽しい気分になった。

地下から一階に上る中央エスカレーターは止まっているので、フロアの隅の階段をのぼっていく。次に必要なのは肉で、この戦時下になんといっても肉の入手が一番難しい。肉や腸詰め類は一階中央奥の特別契約者専用売場にあって、ここに入るにはもう一度カード照合のゲートをくぐらなければならない。なんて面倒なことなのだろう。

「奥さま。あのちょっと奥さま！」

誰かがあたしのうしろからいきなり声をかけた。それから声をひそめてくすくす笑う声。振り返ると思ったとおりホルスタインのでっかいやつがあたしのうしろにいた。いつの間にか音もたてずにあたしのうしろに忍び寄っていたのだ。あたしの七、八倍はありそうな巨大な顔があたしの頭の上で左右にゆっくり揺れている。やっぱり巨大な口の端から透明でいかにも粘着力のありそうな唾液が糸を引いてツーッと落ちるところだ。こいつは三、四日前にこのスーパーに来た時もやっぱり同じようにあたしのうしろ側に忍びよってきて女たらしのような甘い声で呼びかけた。牛がこんなにクリアで透きとおった声を出せるなんてふざけた世の中だ。

「なによ」

あたしはすこし身構えながら言った。牛はその四角くて巨大な顔からするとあきらかにバランスの崩れた小さく可愛《かわい》らしい眼を遠慮がちに光らせながら、口だけもがもがと左右に動かした。言いよどんでいるのかそっちの都合で反芻《はんすう》しているのかあたしにはよくわからない。

「なんなのよ?」

あたしはもう一度言った。牛はやっぱりそれには何もこたえようとしないので、あたしはそいつを無視してカードを取り出し、ゲートの前の照合機に差し込もうとした。すると困ったことにあたしの体は自然にずるずると同じ恰好《かっこう》のまま体をすべらせ、前の方に移動していった。漸《ようや》くあたしは自分の体が背後からその巨大な牛によって押し動かされているのを知った。あたしは逆U字型をした食肉売場の入口ゲートの先に押しやられ、固く閉ざされたままの売場入口の前で漸く止まった。なんとか体を捩じ曲げて振りかえると牛はゲートの中に顔だけ入れて角のないごつごつした頭で頑《かたく》なにあたしを押していた。

「なによ、痛いじゃないの、何するのよ」

あたしはついに大きな声でそう叫んだ。いかに戦時下といってもスーパーの中でホルスタインに買物の邪魔をされているなんてばかばかしい話だ。

「だって奥さんこの中に入るんでしょう」

牛は目下の緊迫した状態からするとおそろしく間のびした声でそう言った。

「この中に入って肉を買うのはいけません。本物の肉など食べてはいけません」

あたしは、狭いゲートに首からうしろがひっかかり、それ以上牛が前に出てこられない状況を素早く見て取り、そのまま身をかがめると横にずれた。それから買物ボックスをふり回しながら上手にバランスをとってミートショップの通路をとび越えた。そこは洗剤や化粧品の棚がびっしり並んでおり、床にもそれらの商品が散乱していた。

「奥さま奥さま、そこはいけません」

その巨大な体躯《たいく》からはまったく想像できない素早さで、ホルスタインはあのゲートから首を引き抜いてあたしの行く方向へ回り込むようにして動いたらしい。あたしの走っていく売場通路の途中にいきなりさっきの牛が顔を出したのであたしはまったく仰天した。

あたしはいろんな商品のパッケージが散乱する通路を悲鳴をあげながら走った。背後でどかどかと凄《すさま》じい音が続いているのは牛が同じように狭い通路を走ってくるからのようだった。

「わあ」

あたしはまた叫んだ。肉を買えないのだからもうこれ以上追ってこなくたっていいじゃないか——。どがどがどが、とけたたましい音をたてて牛はさらにまたいくつかの商品棚を倒したようだった。

「わあ」

あたしはもう一度叫んだ。叫んだってこの店のガードマンもセールスマネージャーもスーパーバイザーもあるいはレジのおばさんも誰も出てきはしないのだけれど、黙って顔を引きつらせ、眼を血走らせて走っているだけじゃああまりにも息がつまる。このまま店のどこかの隅に追いつめられて迷惑な牛に押しつぶされてそれでおしまい、などというのじゃああまりにもばかばかしい。戦争から帰ってくる夫はどうなるのだ。あたしは夫のためにスキヤキを作らなければならないのだ。

さっき地下で手に入れたフリーズドライの品々はどうなったのだろう！　あたしはど

こまでも女であり、そして意志と目的の明確な主婦なのだ。走りながら買物ボックスの中に片手を突っ込んでそれらの品物の無事を確かめた。その片手に跳銃《はねだま》がふいにずしんと触れた。

「そうだ銃があるんだ!」

あたしはとび跳ねながら背後をふり返った。

どがどがどがと巨大なホルスタインは頭を下げ、肩を怒らせて走り続けていた。あと二、三メートルで壁に突きあたる、というところであたしは素早く体を反転させ、足をひらいて跳銃を構えた。突進してくる牛をめがけて引きがねをしぼる。ずぱんずぱんずぱん、と、思いがけないくらいカン高い炸裂音《さくれつおん》をたててあたしの手の中で跳銃が躍った。牛は凄じく近い距離まで走ってきて、その巨大な四角い顔の正面にぷつぷつぷつと三つの黒い穴をあけた。しかし牛の動きはまったく止まらずそのまま空を飛ぶようにしてあたしの立っている壁の近くまで突っ込んできた。あたしは悲鳴をあげて左側に体を回し、そのままデタラメのサンバを踊るような恰好で通路を横走りに動いていった。

牛はさっきあたしが立っていたところで前足を折り、彼らの神に祈りを捧《ささ》げるような姿になって床にへたりこみ、肩のあたりの筋肉をびくびくと小さく激しくふるわせていた。けたたましい音はそこで漸くすべて静まり、あたしと動かなくなったホルスタインのまわりを、地階と同じBGM「片腕のしあわせ」があたしと牛の鎮魂曲そのままに優しくたおやかに鳴り響いているのを聞いた。

暫《しばら》くして気を取りなおし、あたしは改めてさっきの特別契約者専用売場のゲートに戻った。カード照合機を作動させ、なめらかに銀色に光るクロム鋼板のドアをあけて中に入る。本物の冷凍肉や腸詰め加工品のたぐいはもうこの売場にも殆どなくて加工蛋白《たんぱく》組成のオンドル肉やスミスの複製培養ミートなどのまがいものが並んでいる。

それでもプラケースの中に入ったそれらの摸造肉はいかにも牛や豚、あるいはいくつかの典型的な魚の肉の形と色あいに整えられ、おいしそうだった。

この店に入り、二重ガードされた契約者専用ゾーンに入っていけるのは幸せなことで、あたしはこのゾーンに入るといつも喜びにふるえて気持のいたるところを弾ませてしまう。J・スミスの至福の芸術品といわれた牛の霜降りなどはこうして遠くから生のまま眺めているだけで激しいおどろおどろの胸さわぎで息が荒くなってしまう程だ。

あたしは思いきって五百グラムの特上スライス肉を買うことにした。戦争から帰ってくる夫のためにこれで今夜特上のスキヤキを作ってあげることができる。

カード照合機に退出のサインをおくり、あたしはすっかり落着いてそのコーナーから外に出た。

小さなミニワゴン車の上にクバ茶の実の瓶詰を沢山のせたこの店のマスコットガール「あかねちゃん」がほどけた白いエプロンを引きずりながら「いらっしゃいませ奥さま。

いらっしゃいませ本日もようこそ。今日はクバ茶が入荷しました。どうぞおためしくださいませせね」と、愛らしく笑いながら言った。酒と乳製品のコーナーからそうやってワゴン車を押してきたらしく、床に散らばるさまざまな商品やゴミのたぐいが、あかねちゃんのワゴン車の前に小山のようなかたまりをつくっていた。

あたしはあかねちゃんのうしろ側に回り、素早くほどけたエプロンを直してやった。あかねちゃんはそうやって店の中をぐるぐる回っているうちに片方の白いパンプスをどこかへ吹っとばしてしまったようだが、脱げた片方は近くに見あたらず、あかねちゃんも一向に気にはしていないようなのであたしもそれ以上世話をやくのはやめた。

店から出る前に死んだスキヤキホルスタインをもう一度見ていくことにした。こいつが本当の牛だったら何十人分のスキヤキの肉ができるだろうか……などということをすこしの間考え、あたしはそいつの鼻の先をほんの少し撫《な》でてやった。

それにしてもこんなに大きいのがどこからまぎれこんできたのかあたしにはまったく訳がわからなかった。何かを拝むようにしてしゃがんだまま動かない牛のまわりをゆっくり眺めると、背中に何本かの太いパイプ状のジョイント接合部があった。ここに宣伝用の何かをくくりつけて動き回る律義でおとなしい機械牛であったのだろう。たぶんこの牛は戦争突入時にうるさく論議された自然食肉の廃止キャンペーンに使われたサイボーグ動物だろう――とあたしは見当をつけていた。

あたしは地下に降り、もう一度おまっとうおじさんに声をかけた。

「ハーイ、あっがとうねえ、ごめんなつあーい、元気でつよう」

おまっとうおじさんはいくらか演技過剰に眼をしばたき、舌足らずの喋り方でそう言った。

「またおいでくだつあい。またおいでくだつあああい。またまたおいでおいでおいで」

おじさんの座っている台座のうしろでオレンジ色のランプがちかちか激しく点滅し、おじさんは困ってまた激しく眼をしばたいた。

「いいのよ無理しないでね……」

あたしは北側の車輛《しゃりょう》出入口からスロープをあがって外に出た。

店にいる間に外は赤い色の雨が降りだしていた。火山の赤灰がまじった重くて息苦しい雨だ。あたしはまたヘルメットをかぶり、鼻あてをつけた。

来たときと逆のコースをたどって家に帰るのだ。足削の交叉点へ向う一ブロック手前に寄り合わせ耐酸鋼パイプのくねくねした塔があってその先端のあたりにさっきの大烏がとまっていた。

「もうかえるのかねくえけくえけくえけ」

と、大烏は下品なしわがれ声で言った。あたしは跳銃を服の下で握り用心深く大烏のとまっている塔の上の方を眺めた。それから周囲に赤犬がいないかどうか注意深くその気配をさぐった。

「かえってどうするねくえけくえけ」

と、大烏は羽音を加えながら前よりも大きな声で言った。よく見ると交叉点の先の方に赤茶色の小さなかたまりが見えた。それが来る時に見た赤犬の死体かどうかまではわからなかったが、遠くからでもその色はよく似て見えた。あたしは烏を無視し、黙って歩き続けた。「かえるのかね」と烏はなごりおしそうにあたしの頭の上の雨の中で言った。交叉点を渡り掻又の路地に入っていくと室井さんの奥さんがまださっきと同じところに立っていた。赤い雨が降ってきているので、室井さんの服は赤茶に染《そま》って前よりも見すぼらしくなっていた。あたしは買物バッグを肩にかけ、両手を自由にしてから室井さんのフルフェイスマスクをいったんはずしてやった。土に立てたパイプに室井さんの体をうまくくくりつけているのだが、このところ続いている火山の雨で、支柱がそろそろぐらついてきているのがわかった。あたしは口紅を出してフルフェイスマスクの下の室井さんのしゃれこうべの口の上にもう一度くっきりと紅を塗ってやった。室井さんは嬉しそうに歯をむきだしたニヤニヤ笑いを続けていたが、マスクの上から赤い雨が幾筋か垂れてきたのであたしは素早くもとのようにフルフェイスマスクをかぶせてあげた。

「まったくちょっと油断しているとすぐに灰や雨が降ってくるんですからねえ……」

あたしはいつもの室井さんにかわって先にそう愚痴っぽく言ってやった。

「でも今日は夫が帰るのでこんな雨でもあたしは嬉しいの……」

「いいわね」

室井さんはくっきりとあざやかな塗ったばかりの口紅の中からそう言った。

アパートの階段を上っていくと間宮さんの部屋の前に濡貘《ぬればく》がさっきと同じ恰好のまま横たわっていた。このままでは間宮さんが外に出ようと思っても出られやしない。買物の終ったあたしはもうそんなに急ぐこともないから、死んだ濡貘を両手で押しのけてやった。それから間宮さんの部屋のドアをあけた。間宮さんは玄関先の電話の前に座っている。この人はいつも家の中にいるのだから、あたしは間宮さんの奥さんのしゃれこうべには化粧は何もしてあげない。化粧をしてやっても人間はみんなこんなふうに顔や体の肉がそげてつるつるの同じ顔になってしまうのがつまらなかった。

あたしは自分の家に入りテーブルの上に買ってきたものを置いた。

机の上に戦争へ行った夫からの古びた手紙がのっている。あと一週間で帰るといって、もう随分何回もその一週間がすぎてしまった。あたしは窓ぎわにあるもうひとつの丸いテーブルのそばに行き、ゆっくり自分の左腕をジョイントからはずした。テーブルの上に自分の左腕をおいて、あたしはそれをすこしの間眺めてみる。戦争へ行った夫のことをあたしはそうやっていつもすこしの間じっと動きをとめて考えてみるのだ。今回も夫はまだ帰っていなかった。もしかすると窓からみえる赤い噴火が収まるまで夫の船はここに降りてこられないのかもしれない。それまであたしはやっぱりおとなしく待っていることにしよう。スキヤキをつくる材料はまだいくらでもあるのだからあたしは大丈夫。

自著解説——いいわけ

あるとき北上次郎（文芸評論家）から電話があり「シーナの北政府ものの短編をまとめたいんだが」と言った。これだけの話では我々しか意味はわからないだろう。

ぼくが時々書いているSFにこの「北政府」というのがよく出てくる。書いている本人が想定している物語世界は、遠い未来のむかしのどこかの国。そこではかつて激しい戦争がおきて多くの人々がこの戦乱にまきこまれた。どちらが勝ったとも負けたともいえない疲弊感だけが残ってとりあえずその世界に生きる人々の一部は混乱のなか、ねばり強くしたたかに生きつづけてきた。

いつ頃なのか、どの場所なのか、なぜ戦争がおきたのか、それはどんなありさまだったのか、ということはこの本の中にあまり書いていない。ここに書いてあるいろいろな状況世界で度重なる戦闘によって廃墟《はいきよ》同然となってしまったところや、戦後の自然破壊や天候激変などの災害のなかで逞《たくま》しく再生しようとする自然や男や女たちの話などから、その背景を読む人に類推してもらうしか作者にはくわしく説明する知識も記憶力もない。

ここにおさめられている短編小説はいろんな場所でいろんな登場人物が出てきてどちらかといえば唐突な世界、奇想天外な世界のなかをうごめいていて、あっちこっちでそれなりの物語世界が生まれてくる。

状況が違うからみんなまるで違う小説世界のなかをさすらっていて、どちらかといえばアウトローな生き方が多く出てくる。それぞれのものがたりに関連はないか、と見ていくと、ひとつだけ常に共通して存在しているのが「北政府」なのだった。それがどこにあってどんな国でどんなイデオロギーと政策をとっているのか、ということになると書いているぼくもよくわからなくなる。

小説の舞台として重要な存在であるのは確かなのだが、ぼくの頭のなかには「北政府」の省庁の入った建物の形もそこで仕事している官吏たちの姿も茫《ぼう》としていてよくつかめない。

遠い未来のむかしむかし、あるところにそういうものがありました。

とだけぼくの頭のなかにある。

いきていくなかでひどく気持の落ち込んだようなとき、あるいはなぜだかふいにへこたれそうになってしまったようなとき、ぼくの頭のなかでいろいろ魅力にみちて刺激的なモノたちが動きだしていくことがあり、ぼくはかれらに精神的に助けられる。

通常はやりませんが非常に私的な物語世界なので、ぼくのそうしたジャンルのものをはじめて目にする人もいるでしょうから、いくつかの作品について作者として解説します。

＊

「猫舐祭」集英社の『小説すばる』創刊のときに編集部の山田さんから「なにかご祝儀原稿ちょうだいよ」といわれた。彼とはSFとプロレスのファン仲間でまあタタカイ趣味だった。この短編は戦争が曖昧に終結し、そこらに失業者があふれ食べるものもろくになく荒廃したままだった頃。金儲《かねもう》けのために怪しげな出し物の見世物がオンボロサーカスのように巡業していた。出し物は戦争によって被害をうけた人や壊れた戦闘用ロボットなどが使われた。あちこち動きまわって年に一度ほどやってくる放浪カーニバルをずっと見てきた「語り部」がその魅力に満ちて悲惨な系譜を語る。

「みるなの木」本書の主人公である灰汁《あく》と百舌《もず》が初登場。のっけからぼくのSFの特徴である背景描写もさしてなく商人夫婦を襲った強盗を捕まえにいく仕事を請け負う。異態進化した世界の話なので機関銃のようにこの小説世界のために編み出された、というよりもぼくの口から勝手に出てくる造語が連発される。そういう物語世界をいくつも作るヒント、きっかけになったとても好きな作品。

「赤腹のむし」前出の灰汁と百舌の請け負ったあたらしい乱暴な仕事。灰汁の一人称で書いているのでコンビを組む百舌を名前で呼んでいる。ここに北政府の官吏と思われる者が出てくる。無個性かつ剣呑《けんのん》な奴《やつ》だ。現代の話ではないが遠い未来の話でもなく過去の話でもない。ひとつのアイデアにむかって突進するように二日ほどで書いた。

「滑騙《ぬめりだまし》の夜」やはり純文学誌に書いたもの。ジュンブンガク系はどんなテーマのどんな話でも書かせてくれる。この一編は不思議な世界に生きる老夫婦の一日を描いている。でも全編言い知れぬ気味の悪さがあってどうにも困る。色彩の描写がまともではない。こんな世界に生きるのはさぞかしつらいだろうなーと思って書いた。やや悪趣味。モチーフのひとつはディズニーランドだ。ぼくは行ったことがないがあのアメリカ人が好きなど派手な色彩感覚。日本人はいつからこんなけたたましいアメリカネズミが好きになったのだろう。大きなもの、沢山の人々がみんなそっくり騙《だま》されている世界を描きたかった。中国の色彩感覚への個人的な嫌悪感もちょっと入っている。

「海月《くらげ》狩り」灰汁が仕事を探しにウロウロしていると比丘尼《びくに》自治区のあたりで役人が骨牌《こっぱい》をかきまぜながら貝子煙草《にないたばこ》を手に入れただろう、と話しかけるところから始まってい る。この短編は今はなき『海燕』に書いたのだったか。この頃のヘンテコな小説は純文学誌に書いていることがおおかった。どんな話を書いてもよかったからだ。エンターテイナーを意識しなくていいから唐突にはじまり唐突に終えても誰にも文句をいわれなかった。

この小説も書きだすまで何の方針もなかった。第一最初に出てくる「骨牌」というのが本当にあるのは知っていたが、それで何をするものなのかまるで知らなかった。ついでに「貝子煙草」もありそうな気がするだけでたぶんそんなものはないだろう。ぼくがひとつだけここで書きたかったのは草の海である。それも濃密に生えた太い丈夫な草は十メートル以上はあり、その上を「草連船《そうれんせん》」が巨大な草原生物を追っていく。落ちたら一人で這《は》いあがることはできないからこれも命がけだ。そういうシチュエーションをしっかり持っているとなんでも書けそうだ。

「餛飩《こんとん》商売」の餛飩は簡単にいうと太古の饅頭《まんじゅう》である。その日の生活費もない灰汁は喉のところに穴があいたままヒイヒイ生きている傷痍《しょうい》軍人である。ここにはそうなった背景など何も書かなかった。面倒になるとぼくがよくやる手である。あの逞しい灰汁がこんなちっぽけな商売をしているなんてぼくもなさけなくなる。たぶん金稼ぎに北政府の傭兵《ようへい》かなにかとなって戦場に出て負った傷なのだろう。こいつのしたたかさは変わらない。木の上から見ているとオカシナ生き物がいろいろ出てくる。楽しんで書いていた。

「**水上歩行機**」SF作家、チャイナ・ミエヴィルやブライアン・オールディスのファンだったぼくはかれらが精密に描く未来あるいは異次元の異形の世界をたのしみに読んでいた。本編はそういう影響を北政府とのタタカイの海洋戦の小さなエピソードに持ち込んできた。たしか『文學界』に書いたSF初出。

「**遠灘鮫腹海岸**《とおのなださめはら》」アメリカ製の大馬力のジープに乗っていたころ、どんな道でもどんどこいけるのが面白かった。四駆のローレンジのシフトにしてトルクを一定にすると石段でもガタガタいいながら登っていってしまうのが面白くて一人でいろんなところにでかけていた。あるとき静岡の千本松原にはいっていったとき海岸でいきなりスタックした。付近に誰もおらず、一人でとにかく脱出することにした。でもエンジンをふかすとどんどん海岸にもぐってしまうのだ。そのときのドキュメンタリが底になっている。これは「北政府」ものとは違うものだとばかり思っていたらちゃんと前のほうに書いてあった。文芸評論家の眼《め》はだからすごい。

ぼくが映画づくりにのめり込んでいた頃だったので新潟の大きな砂州を舞台に三十分ほどの短編映画にして都内と大阪のテアトル系四館で上映した。映画のほうはラストが少しちがっている。

「爪と咆哮《ほうこう》」なんの予備知識もなしに読むとしばらく何がなんだかわからないですね。これはゴジラみたいな巨大怪獣の内面の話なのである。この世にいろんなゴジラが登場したがあれは単生物ではなく中にそれぞれ役割の違う乗組員がはいっていて操縦分担しながらあちこち襲っているんじゃないか、と思って書いた。はげしく長い戦いで乗組員には怪我《けが》や精神異常になったのが出てきて瀕死《ひんし》の状態で東京湾に上陸してくる時もあったのではないか。この頃爪が伸びすぎてると、途中で手と腕関係を操縦担当しているやつが心配している。ゴジラも大変なのだ。

「スキヤキ」自分でいうのもナンだけれど、これはかなり傑作短編だろうと思う。たしか一日で書いた。いきなり書いた。北上次郎は、これは北政府ものではない、とはぶいてしまったが彼に頼み込んで一番最後に入れてもらった。傑作だからだ。

これらの途方もない物語の背景にはたいてい「北政府」が出てくる、ということを評論家に言われて気がついた。いままでかずかず登場させてきたわりにはぼくは北政府のそのたぶん（田舎《いなか》の）省庁の長官や官吏たちの顔をいまだに見たことがない。

どのみちそんなに心から人を感動させるような顔つきをしているとは思えないからいいのだ。

うっかり接近したことによって何かの書類の不備で拘束されたりしたらもともこもない。そういうときにこの本の中にしばしばでてくる「灰汁」とか「百舌」といった古い仲の友人が頼りになるのだが、彼らはどこにいるのかいつだって連絡がつかない。でもやがていつかやつらがくればまたあたらしいこれからの「むかしばなし」をつむげる、というものだ。

そういったやつらの性格や「北政府」のありさまをそこそこ知っている本書の編者＝北上次郎、編集者＝中山哲史のお二人に深く深く感謝します。

そしてＳＦといったら装丁は平野甲賀さん。ありがとうございます。

二〇一九年六月十四日

椎名　誠

編者解説

北上次郎

まず、本書の成り立ちを書いておきたい。本書は、椎名誠『武装島田倉庫』と共通する世界を描いた短編を集めた作品集である。その『武装島田倉庫』は「小説新潮」に連載されたあと、一九九〇年十二月に新潮社より刊行された。いまさら繰り返すまでもないが、この年は『アド・バード』（のちに日本SF大賞を受賞）、『水域』という傑作を椎名は上梓《じょうし》していて、『武装島田倉庫』はその黄金の年の掉尾《ちょうび》を飾る傑作であった。

あれからもう三十年近くたっているとは信じがたい。三十年もたてば読者も変わるから、鈴木マサカズによるコミック化（ビッグコミックスペリオール・二〇一三〜二〇一四年）で初めてこの傑作を知った若い世代もいるかもしれない。

エンターテインメントは時代とともに風化していくことが時にあるが、発表から三十年近くたってはいても、『武装島田倉庫』はいまだに面白い。まったく色褪《あ》せていないのである。これは驚異だ。

この『武装島田倉庫』の世界を著者はずいぶん気にいったようで、同じ世界を舞台あるいは背景にした短編を、それから断続的に書いている。それを「北政府もの」という。ようするに、近未来の戦争終結後の荒廃した世界を描くもので、まぎらわしいのは「北政府」が物語の背景にあるものとないものがあることだ。近未来の戦争終結後の荒廃した世界を描いたからといって、すべてが「北政府もの」ではないのである。「近未来の戦争終結後の荒廃した世界を描いた」作品の中で、その戦争が「北政府」と行われたものを「北政府もの」という。「北政府」が関係しない「戦争終結後の荒廃した世界」を描いたものも多いのである。それをここではわけて考え、「北政府」が関係する短編を集めたということである。それらの短編は、幾つかの作品集にわかれて収録されているので、それを一冊にまとめたいというのが私の長年の夢であった。それが本書だ。

ちなみに、「北政府もの」の長編は、『武装島田倉庫』以外に三作ある。

①『砲艦銀鼠号《ぎんねず》』二〇〇六年（集英社）
②『チベットのラッパ犬』二〇一〇年（文藝春秋）
③『ケレスの龍』二〇一六年（角川書店）

①は、灰汁《あく》と可児《かに》と鼻裂《びれつ》の三人が、オンボロ戦艦を手に入れて、旅する途中でさまざまな奇妙な生き物に会っていく物語。②は、人語を解する犬に大事なものを奪われた主

人公がどこまでもおいかけていく話。③は灰汁が誘拐犯人をおいかけて宇宙まで行く話。①と③は、『武装島田倉庫』からお馴染《なじ》みの灰汁が登場するパターンで、②は、「北政府の傭兵《ようへい》として前線にいた頃」などという記述が出てくるパターン。このどちらかのパターンで、その短編が「北政府もの」かどうか判別できるのだが、短編になってもこの事情は変わらない。

その短編の話に移る前に、まぎらわしいことを一つ片づけておく。『ひとつ目女』（二〇〇八年・文藝春秋）という連作長編がある。ここに「連合中国の北政府軍」という記述が出てくるので、これも「北政府もの」の長編としてカウントしたくなるが、この「連合中国の北政府軍」は、これまでの「北政府」とは違う、とあるインタビューで椎名は答えている。どうやらこれまでの「北政府」を中国が併合したものらしい。ちなみにこの連作長編に出てくる「北中国」は、単に「北方中国」の意だというのが作者の弁。

戦争終結後の荒廃した近未来を舞台にした小説には、この『ひとつ目女』以外に『埠《ふ》頭《とう》三角暗闇市場』（二〇一四年・講談社）があるが、これも「北政府もの」ではない。このように、似たような設定でも微妙に違っているので注意されたい。

というわけで、本書収録の短編の話に移っていきたいが、まずその短編名と初出の発表誌、さらにはその短編をおさめた書名を並べておく。

①「猫舐祭《ねこなめさい》」小説すばる一九九〇年十一月号　『胃袋を買いに。』
②「みるなの木」海燕一九九三年四月号　『みるなの木』
③「赤腹のむし」海燕一九九三年十一月号　『みるなの木』
④「滑騙《ぬめりだまし》の夜」新潮一九九七年一月号　『銀天公社の偽月』
⑤「海月《くらげ》狩り」海燕一九九四年一月号　『みるなの木』
⑥「餛飩《こんとん》商売」小説TRIPPER一九九五年冬季号　『みるなの木』
⑦「水上歩行機」文學界二〇〇〇年六月号　『銀天公社の偽月』
⑧「ウポの武器店」新潮一九九九年七月号　『銀天公社の偽月』
⑨「遠灘鮫腹《とおのなださめはら》海岸」すばる一九九〇年三月号　『地下生活者』
⑩「爪と咆哮《ほうこう》」新潮一九九八年一月号　『銀天公社の偽月』
⑪「スキヤキ」小説新潮一九九一年七月号　『中国の鳥人』

以上が「北政府もの」の十一編である。このうち④は、著者が「北政府もの」に挙げていないものの、「ウポの武器店」に登場する「トーノタダオ」が出てくるのだ（実際に登場するわけではなく、会話の中に登場するだけだが）。それだけでなく、「知り玉」（『武装島田倉庫』でお馴染みの浮遊監視物体）も登場するから、これは確定だろう。「北政府もの」に認定しておきたい。

逆に、「北政府もの」から外したのが「三角洲《す》」。「オール讀物」一九九七年一月号に書いた「三角洲」(『問題温泉』に収録)は、著者が「北政府もの」とインタビューで語っているが、どう読んでも他の「北政府もの」とは矛盾するので、ここは「戦争後の世界を描いた短編」として分類しておく。たとえば「三角洲」には「私たちは戦争終了後、侵略したこの国の大地のいたるところを、自国を模して改造し、都市や保養地をつくりだし、旅立ってきた地に似せようとしている」との記述があるが、北政府との戦争は一時期、北政府が一部を占領したものの撤退し、その後は国境付近で小競り合いが続いている——と複数の短編で書かれている。つまり侵略して、その後もずっと占領しているのなら、それは「北政府」ではない。インタビューの際に間違って発言したものと解して、今回訂正しておきたい。ちなみに、「北政府もの」以外にも、近未来の戦争を描いた短編を椎名は数多く書いている。「三角洲」はそちらの流れの中で読みたい。

したがって「北政府もの」の短編は十一作である。ちなみに「遠灘鮫腹海岸」は百枚の作品なので厳密には短編と言いがたいが、長編として数えるわけにもいかないのでこちらに分類しておきたい。この中編は、椎名によって映画化されたが、ラストが原作とはまったく異なっているのが興味深い。著者に尋ねたところ、撮影しているときに思いついたのだと言うが、これは小説よりも映画に軍配をあげておく。

以下は順に紹介していく。まず、①「猫舐祭」だが、北政府が引き揚げるときに置いていった人工の怪物たちが集まる秋祭りを思い出す、という短編で、繭巻《まゆまき》き（知能を持った虫）、頭足《ずそく》、南天《なんてん》、千手《せんて》、猿男など、「へんなもの」が次々に出てくる。著者はこの短編を気にいっていて、「長編にしたかった」と語っている。ちなみに、その長編化は実現していない。

②「みるなの木」は、殺人強盗犯を百舌《もず》と「おれ」がおいかけて山に入っていき、巨大な葛《つる》の木と戦う話だ。百舌もその葛の木につかまってしまうのだが、「おれ」が助けると巨大な蛇蝎《だかつ》が追いかけてくる。

③「赤腹のむし」はその二年後の話だから続編といっていい。百舌は傷痕は残っているものの元気で、この短編では赤腹を狙っている。赤腹は鉤裂魚《かぎさきぎょ》の仲間で、毒のある挟針《はさみばり》があるので危険な魚だ。赤腹は一匹で十〜二十個の卵を持っている。その卵の中にむしがいて、茹《ゆ》でないと殻を食い破って出てくるが、茹でるとそのむしが美味《おい》しい。再会した百舌と「おれ」がなにをするかは読んでのお楽しみにしておく。

④「滑騙の夜」は、巨大な古式怪獣「滑騙」が現れて、口から火焔《かえん》を発射して暴れまわり、街では死体が積み重なった乾涸蔵《かんこぐら》を人々が覗《のぞ》き込み、そういう異常な社会であるのに、夫婦が居間で普通に日常会話をしている風景が印象的な短編だ。

⑤「海月狩り」で、ようやく灰汁が登場する。クラゲ捕り船の乗組員となって緑の海に出ていくが、この短編は切れのいいラストがいい。

まだ上空の見事に丸く刈り込まれた巨大な穴のむこうにはゆっくり動いていく雲が見えていたが、壁のアルカロイド式乾燥計の目盛りを眺めていた三本眉は「あと一時間と少しで嵐がくる」と朝がたよりさらにまた掠《かす》れた声で言った。

ここでストンと終わっているが、情景が浮かんでくるようだ。

⑥「餛飩商売」は、なんでも売る灰汁のビジネスの日々を描くもので、「ひかひかひかひか」とふいごが鳴る音などはいかにも椎名らしい。脳髄だけになっている張伯達《ちょうはくだつ》という男が興味深い。⑦「水上歩行機」は、殺人犯を「おれ」と灰汁がおいかけていくというもので、構造的には「みるなの木」に似ている。ここでは次の記述に注意。

「下半分が水没して廃墟《はいきょ》になったリゾートマンションの水面から出ている七、八階分がおれと灰汁のいる栈橋の背後で途方にくれたように突っ立っている。ここも水で覆われる前は眼下に海を見下ろす素晴らしい建物だったのだろう」

まるで『水域』のような世界が現出するのだ。これも切れのいいラストが印象的だ。

あとは、トーノが旅で出会うさまざまな生き物、光景を描く⑧「ウポの武器店」と、鮫腹海岸に乗り入れた丹野充郎《たんのみつろう》のワゴン車が砂浜にどんどん沈んでいく過程をリアルに描く⑨「遠灘鮫腹海岸」を足せば、椎名誠の「北政府もの」は完成する、と当初考えていた。ところが著者である椎名誠の強い要望で、「爪と咆哮」と「スキヤキ」の二編を収録することにした。

この二編は読んでおわかりのように、「北政府もの」に共通する人物あるいは用語がいっさい登場しない。私が最初、対象外にしていたのはそのためである。だが、椎名誠はこの二編を「北政府もの」として執筆したと言うのだ。そう言われてみると、「三角洲」のように他の「北政府もの」と矛盾するディテールがあるわけではない。そこで本書に収録することにした。

「爪と咆哮」は、ゴジラにインスパイアされて書いたと思われる作品だが、海の中で蠢《うごめ》く巨大なものが、海上に顔をだして咆哮するラストが印象深い。ケッサクはゴジラが（と決めてしまうけれど）、座礁《ざしょう》した船の鋼板に爪を差し込んで伸びすぎた爪を切るシーン。そうか、ゴジラも爪を切りたかったのか。「スキヤキ」は、『椎名誠超常小説ベストセレクション』（角川文庫）にも収録されている名作で、戦場から帰還する夫を待つ主婦を描く短編だ。ディテールもいいが、その余韻が素晴らしい。

椎名誠が描く近未来ものは、独特の造語センスが印象的だが、この「北政府もの」も例外ではない。「まねし草」「髄突虫《ずいぬき》」「移動性の寸門陀羅茨《すもだらいばら》」「筒ばしり」「蝸虫《まいまい》ドーム」「肉食昆虫茨角噛《いばらつのかみ》のトガリバ」などなど、それがどういうものであるのか、何の説明もなく登場してくるものもあるが、読み終わっても妙に残って、あるいは全身が痒《かゆ》くなってきて、落ちつかなくなる。
この「北政府もの」以外にも、戦争終結後の荒廃した世界を舞台にした作品を、椎名誠は数多く書いているので、それらを未読の読者がいたら、そちらのほうにも手を伸ばしていただけると嬉《うれ》しい。

（きたがみ・じろう　文芸評論家）

初出誌および収録単行本

猫舐祭

初出誌「小説すばる」一九九〇年十一月号／『胃袋を買いに。』（文藝春秋刊　一九九一年五月発行／文庫版一九九四年四月発行）、『机の中の渦巻星雲　超常小説ベスト・セレクション』（新潮社刊　一九九七年四月発行）、『水の上で火が踊る　超常小説ベストセレクションⅡ』（柏艪舎刊　二〇一二年四月発行）収録

みるなの木

初出誌「海燕」一九九三年四月号／『みるなの木』（早川書房刊　一九九六年十二月発行／文庫版二〇〇〇年四月発行）、『机の中の渦巻星雲』、『水の上で火が踊る』収録

赤腹のむし

初出誌「海燕」一九九三年十一月号／『みるなの木』収録

滑騙の夜

初出誌「新潮」一九九七年一月号／『銀天公社の偽月』（新潮社刊　二〇〇六年九月発行／文庫版二〇〇九年十一月発行）収録

海月狩り

初出誌「海燕」一九九四年一月号／『みるなの木』収録

餛飩商売
初出誌「小説TRIPPER」一九九五年冬季号／『みるなの木』、『机の中の渦巻星雲』、『月の夜のわらい猫　超常小説ベストセレクションⅠ』（柏艪舎刊　二〇一一年四月発行）収録
水上歩行機
初出誌「文學界」二〇〇〇年六月号／『銀天公社の偽月』収録
ウポの武器店
初出誌「新潮」一九九九年七月号／『銀天公社の偽月』収録
遠灘鮫腹海岸
初出誌「すばる」一九九〇年三月号／『地下生活者』（集英社刊　一九九三年二月発行／文庫版一九九六年十二月発行）収録
爪と咆哮
初出誌「新潮」一九九八年一月号／『銀天公社の偽月』収録
スキヤキ
初出誌「小説新潮」一九九一年七月号／『中国の鳥人』（新潮社刊　一九九三年七月発行／文庫版一九九七年一月発行）、『机の中の渦巻星雲』収録

本書は、集英社文庫のために編まれたオリジナル文庫です。

椎名誠の本

アド・バード

マサルと菊丸の兄弟は、行方不明の父親を探しにマザーK市への旅に出た。しかしそこは、異常発達した広告が全てを支配する驚愕の未来都市だった。ヒゾムシ、ワナナキなど珍妙不可思議な生物たちの乱舞する世界で、二人の冒険が始まる——。椎名誠独自の世界を打ち立てた記念碑的長編。第十一回日本ＳＦ大賞受賞作。

集英社文庫

椎名誠の本

集英社文庫

砲艦銀鼠号

ある大きな戦争で崩壊した近未来世界。金も居場所もなくなった元戦闘員の三人組が、偶然、手に入れたオンボロ戦艦「銀鼠号」で海賊稼業をはじめることになった。用心深く情に篤い灰汁、冷静沈着で陽気な可児、短気であくどい鼻裂。勢い込む三人だったが……。未知なる生物が次々現れるシーナのドキドキ海洋大冒険ＳＦ。

椎名誠の本

孫物語

世界を飛び回っていたシーナが自宅に落ちつくことが多くなった。その理由は「孫」。本好きな長男、口が達者な長女、無鉄砲小僧の二男。ぐんぐん新しいことを吸収する孫たちに対し、どんどんいろんなことを忘れていくじじいじいは、ウロタエながらも大奮闘！　孫愛にあふれた「じじバカ」エッセイ。

集英社文庫

椎名誠の本

おなかがすいたハラペコだ。

子供のころ最高のゴチソーだったコロッケパンの思い出にはじまり、〝焚き火命〟の仲間たちと考案した豪快キャンプ料理、世界の辺境で出合った〈砂トカゲの蒸し焼き〉〈猿ジャガ〉などのオドロキ料理に、ときに嵐が吹き荒れるシーナ家の食卓事情など、全編うまいものだらけの食欲モリモリ増進エッセイ。

集英社文庫

集英社文庫

椎名誠《しいなまこと》［北政府《きたせいふ》］コレクション

2019年7月25日　第1刷　　定価はカバーに表示してあります。

著　者　椎名《しいな》　誠《まこと》
編　者　北上次郎《きたがみじろう》
発行者　徳永　真
発行所　株式会社　集英社
東京都千代田区一ツ橋2-5-10　〒101-8050
電話　【編集部】03-3230-6095
【読者係】03-3230-6080
【販売部】03-3230-6393（書店専用）
印　刷　大日本印刷株式会社
製　本　大日本印刷株式会社

フォーマットデザイン　アリヤマデザインストア　　マークデザイン　居山浩二

ISBN978-4-08-745899-2 C0193